U0085389

日語能力檢定系列

3級

文法一把抓

★收錄歷屆考題

溫雅珺　蘇阿亮　編著

三民書局

國家圖書館出版品預行編目資料

3級文法一把抓／溫雅珺,蘇阿亮編著.－－二版四刷.
－－臺北市：三民，2016
　　面；　　公分.－－(日語能力檢定系列)
參考書目：面
ISBN 978-957-14-4083-5　(平裝)

1.日本語言－文法

803.16

Ⓒ　日語能力　**3級文法一把抓**
　　檢定系列

編 著 者	溫雅珺　蘇阿亮
企劃編輯	李金玲
責任編輯	李金玲
美術設計	郭雅萍
發 行 人	劉振強
著作財產權人	三民書局股份有限公司
發 行 所	三民書局股份有限公司
	地址　臺北市復興北路386號
	電話　(02)25006600
	郵撥帳號　0009998-5
門 市 部	(復北店) 臺北市復興北路386號
	(重南店) 臺北市重慶南路一段61號
出版日期	初版一刷　2004年9月
	二版一刷　2007年9月
	二版四刷　2016年6月
編 　 號	S 804820

行政院新聞局登記證局版臺業字第○二○○號

有著作權，不准侵害

ISBN　978-957-14-4083-5　（平裝）

http://www.sanmin.com.tw　三民網路書店
※本書如有缺頁、破損或裝訂錯誤，請寄回本公司更換。

序 言

　　「日本語能力試驗」在日本是由財團法人日本國際教育支援協會，海外則由國際交流基金協同當地單位共同實施。自1984年首次舉辦以來，規模日益龐大，於2006年全球已有四十六個國家，共一百二十七個城市，逾四十五萬人參加考試。台灣考區也於1991年設立，如今共有台北、高雄、台中三個城市設有考場。

　　「日本語能力試驗」的宗旨是為日本國內外母語非日語的學習者提供客觀的能力評量。考試共分成4級，1級程度最高，4級程度最簡單，學習者可依自己的程度選擇適合的級數報考。報考日期定於每年八月至九月上旬，於每年十二月初舉辦考試。

　　在台灣，「日本語能力試驗」所認定的日語能力評量相當受到重視，不僅各級學校鼓勵學生報考，聽說許多公司行號在任用員工時，也要求其出示日本語能力試驗的合格證書。由於這樣的屬性，也使得「日本語能力試驗」的地位，猶如英語的托福考試一般。

　　為此，本局特地以日本國際教育支援協會與國際交流基金共同合編的《日本語能力試驗出題基準》為藍本，規劃一系列的日語檢定用參考書，期許讀者藉由本書的學習，能夠有越來越多的人通過日本語能力測驗。

　　最後，本書能夠順利付梓，要特別感謝日本國際交流基金的協助，提供歷年的考題，在此謹向國際交流基金致上謝意。

2007年9月

三民書局

前書き

　　「日本語能力試験」は日本国内では財団法人日本国際教育支援協会が、日本国外では国際交流基金が現地機関の協力を得て実施しています。１９８４年に第１回が行われ、以来規模が年々大きくなって、２００６年には世界４６ヶ国計１２７の都市で、四十五万人を越える方がこの試験に参加しました。台湾でも１９９１年から、試験会場が設けられ、現在は台北、高雄、台中三つの都市で実施されています。

　　「日本語能力試験」は、日本国内外の日本語を母語としない日本語学習者を対象に、その日本語能力を客観的に測定し、認定することを目的として行われています。試験は４つの級に分かれており、１級が最高レベル、４級が最低レベルになっています。学習者の皆さんは自分の能力に適したレベルの試験を受けることができます。出願期間は毎年８月から９月上旬で、毎年１２月上旬に試験が行われます。

　　台湾では、この「日本語能力試験」の認定した日本語レベルが重大視されています。各学校で生徒たちに出願を勧めているだけでなく、民間企業でも就職用の資格として日本語能力試験の合格証書が要求されることがあるようです。このような性格から、日本語能力試験は、英語の能力を測るテストTOFELに対応する位置づけができそうです。

こうした現状をふまえ、弊社はこの度、日本国際教育支援協会と国際交流基金共同著作・編集の『日本語能力試験出題基準』をもとに、日本語能力試験用の参考書シリーズを企画いたしました。本書を勉強して、一人でも多くの方が、日本語能力試験に合格できることを願っております。

　最後ではありますが、本書の編集出版に際し、試験問題を提供していただいた日本国際交流基金に紙面を借りてお礼を申し上げます。

２００７年９月
三民書局

目 次

序言

1	比較	9
2	並列、例示	16
3	期限	21
4	過度	24
5	難易	28
6	指示詞	30

- プチテスト -

7	授受 [物]	35
8	授受 [動作]	42
9	補助動詞	50
10	複合動詞	58
11	特殊動詞 する	65

- プチテスト -

12	許可	67
13	禁止	70

14	不必要	74
15	義務、必要	76
16	勸告	80
17	命令	83

- プチテスト -

18	經驗	86
19	可能性	88
20	能力	90
21	動詞 [可能形]	92
22	句子名詞化	97
23	決定	104
24	意志	107

- プチテスト -

25	時點 [ところ]	114
26	狀態	116
27	推量 [無根據]	119
28	傳聞	123
29	推量 [有根據]	124
30	引述	130
31	第三人稱	133
32	逆接 [ても]	139

- プチテスト -

33	被動句	143
34	使役句	149

35	使役被動句	153
36	請求句	155
37	目的	157
38	變化	160
39	原因	161
40	逆接 [のに]	165
41	前提説明	166

- プチテスト -

42	樣態	169
43	比況	171
44	條件句	173
45	敬語	184
46	接尾語	191
47	終助詞	194

- プチテスト -

日本語能力試験
§3級・文法テスト§

平成18年	201
平成17年	211
平成16年	221
平成15年	231

感謝日本國際教育支援協會暨國際交流基金提供考題

 **比較**

（1）

▶ 〜は〜より…。

台湾は日本より暑いです。

臺灣比日本熱。

1. 「AはBより〜」是表示A在某方面（長短、高低、多寡、大小、冷熱等方面）和B有差異時的比較句型。「Aは」表主體、話題，「Bより」表比較的基準。

例： 玉山は富士山より高いです。 （玉山比富士山高。）
兄は父より速く走れる。 （哥哥跑得比爸爸快。）

2. 必要時，也可以在表示比較結果的述語中加上主語「Cが」，表示比較的項目。

例：台湾は日本より人口が少ないです。
（臺灣人口比日本少。） ----「人口が」爲比較項目

3. 但如果比較的項目很明顯時，例如標題句「暑い」明顯指的就是「天氣熱」時，比較的項目（「天気が」）多半會被省略。

例：台湾は日本より(天気が)暑いです。
（臺灣比日本(天氣)熱。）
この店はその店より(値段が)安いです。
（這家店比那家店(價格)便宜。）

（2）

～より～のほうが…。

猫（ねこ）より犬（いぬ）のほうが好（す）きです。

相較於貓，我比較喜歡狗。

❶ 不同於「ＡはＢより…です」是以Ａ爲話題，「ＡよりＢの
ほうが…です」則是任取兩項事物作比較，ＡＢ皆非話
題。

例：(わたしは)猫より犬のほうが好きです。
　　　　話題

　　　猫は犬よりわがままです。（貓比狗任性。）
　　話題

❷ 「ほう」的意思是「方面、一方」，用於取兩者作比較時
指稱其中一方。

❸ 「ＡよりＢのほうが…です」也可以更動順序，說成「Ｂの
ほうがＡより…です」。

例：(わたしは)犬のほうが猫より好きです。
　　（我喜歡狗甚於貓。）

(3)

> ▶ ～と～とどちらが…か。
> ◀ ～のほうが…。

A：富士山と玉山とどちらが高いですか。
　　（ふ じ さん）（ぎょくざん）　　　　　（たか）

B：玉山のほうが高いです。

富士山和玉山哪個高？
玉山比較高。

❶ 當不清楚比較的雙方哪一方勝出時，問句是作「AとB
とどちらが…ですか」，稱爲二者擇一比較句。

❷ 二者擇一比較句裡不論比較的雙方是人、物或地方，疑
問詞都只能用「どちら」。註：三者以上擇一時，才是用各
自原有的疑問詞「だれ、どれ、どこ…」。參見p.14。

例：（〇）お兄さんと弟さんとどちらが(背が)高いですか。
　　　（你哥哥和你弟弟哪個(身高)比較高。）

　　（×）お兄さんと弟さんとだれが(背が)高いですか。

❸ 回答二者擇一比較句時，勝出的一方用「～のほうが…」
表示。「～のほうが」可直譯爲「～這一方」，但翻譯時通
常會被省略。

❹ 亦可回答「～より～のほうが…」，但在實際使用中，表
示比較基準的「～より」通常省略。例 ——

A：猫と犬とどちらが好きでか。（你喜歡貓還是狗？）
B：(猫より)犬のほうが好きです。（我比較喜歡狗。）

(3-1) ▶ どちら(で)も…。

A：コーヒーと紅茶とどちらが好きですか。
B：どちらも好きです。

> 咖啡和紅茶你喜歡那一種？
> 兩種都喜歡。

❶ 比較的結果並非都有勝負，也可能是「全部都不～」或「全部都～」。注意回答二者擇一比較句時，無論是全面肯定或全面否定，疑問詞一定是「どちら」。

例：コーヒーと紅茶とどちらが好きですか。

➡ どちらも好きです。　　　　　　（兩種都喜歡。）
➡ どちらも好きではありません。（兩種都不喜歡。）

❷ 全面否定的用法為「疑問詞＋も＋否定」，在4級文法中已經學過。註：參見本系列叢書《4級文法一把抓》p.88。

❸ 全面肯定的說法則稍有不同，可以作「疑問詞＋も＋肯定」或是「疑問詞＋でも＋肯定」。

ア.疑問詞「誰」「何」，通常加「でも」。

例：誰でもいいです。　　（任何人都行。）
　　何でもあります。　　（什麼都有。）

イ.其他疑問詞，用「も」或「でも」皆可。

例：どこ(で)も行きます。　　（不管哪兒都去。）

どちら(で)もいいです。　　（不論哪個都行。）

當後接「いい」以外的形容詞時，通常是作「疑問詞＋も」。

例：どちらも好きです。

（4）

～は～ほど…ない。

日本は台湾ほど暑くないです。

日本沒臺灣那麼熱。

❶ 「～ほど…ない」的意思是「沒～那麼…」，這裡的「～ほど」和肯定句中的「～より」一樣，表示比較基準，但後面述語必須是否定。

❷ 「BはAほど…ない」亦可看作是「AはBより…」的另一種說法，端看是以何者為主題。

例：台湾は日本より暑いです。　　（臺灣比日本熱。）
　＝日本は台湾ほど暑くないです。（日本沒有臺灣熱。）

(5)
▶ ～(の中)で～が一番…。

家族の中で誰が一番背が高いですか。
<small>か ぞく　なか　　だれ　いちばん　せ　　たか</small>

你的家人之中誰的個子最高？

❶ 這是在多數(三者以上)中擇一時的句型。「一番」在此作副詞,意思是「最～」。

❷ 「で」表示範圍,「～の中＋で」可表示更明確的範圍,譯爲「在～之中」,但當範圍爲場所時,通常只作「で」・
例：**世界で一番貧しい国はどこですか。**
<small>せ かい　　　　まず　　　くに</small>
（世界上最窮的國家在哪裡呢？）

❸ 此句型的疑問詞要依選擇範圍的性質來決定。選擇範圍爲人時,疑問詞用「だれ」;選擇範圍爲物時,疑問詞用「なに」;選擇範圍爲地方時,疑問詞用「どこ」;選擇範圍爲時間時,疑問詞用「いつ」等。
例：**台湾でどこが一番おもしろいですか。**
（臺灣哪裡最好玩？）
一年でいつが一番寒いですか。
<small>さむ</small>
（一年裡,什麼時候最冷？）
果物の中で何が一番好きですか。
<small>くだもの　　　なに</small>
（水果之中,你最喜歡哪一種？）

❹ 作答時，直接答以「〜が一番…」即可。

例：**兄<ruby>あに</ruby>が一番高いです。** （我哥哥最高。）

もっと☀

當選項為一一被列出的物品時，疑問詞
要用「どれ」。

例：晴れと曇りと雨の中で、どれが一番好きですか。
（晴天、陰天和雨天，你喜歡哪一種？）

この四つの中で、どれが一番好きですか。
（在這四個當中，你最喜歡哪一個？）

2 並列、例示

(1)

■ ～とか～とか

今朝はパンとか牛乳とかを飲みました。
（けさ）　　　　（ぎゅうにゅう）　　（の）

早餐吃了麵包啦牛奶啦等東西。

❶.「とか」為並列助詞。「～とか～とか」跟四級文法中的
　「～や～（など）」一樣，都是表示部份列舉，即列舉
　其中一部份的人或事物，暗示還有其他類似的人或事
　物。
　例：連休を利用して、淡水とか深坑とか回りました。
　　　（れんきゅう）（りょう）　（たんすい）　（しんこう）　（まわ）
　　　連休を利用して、淡水や深坑など回りました。
　　　（利用連假到淡水啦深坑等地逛了逛。）

❷.「とか」除了名詞外，尚可接動詞、形容詞等，不只限於
　列舉事物，而「～や～（など）」則只能連接名詞。
　例：(×)暇なときは映画を見るや音楽を聞くなどして
　　　　　過ごします。
　　　(○)暇なときは映画を見るとか音楽を聞くとかして
　　　（ひま）
　　　　　過ごします。
　　　（空閒時，就看看書啦聽聽音樂啦等度過。）

❸.「～とか～とか」比「～や～（など）」口語，通常只出現
　在會話上。

❹「とか」接續名詞與名詞時，句尾的動詞通常取決於最鄰近的受詞。

　例：（×）今朝はパンとか<u>牛乳</u>とか<u>を食べました</u>。
　　　（○）今朝はパンとか<u>牛乳</u>とか<u>を飲みました</u>。
　　　（○）今朝は牛乳とか<u>パン</u>とか<u>を食べました</u>。

❺「とか」通常是以列舉兩項「～とか～とか」的方式表達。但只列舉一項的表達方式「～とか」，近年來在口語裡亦經常出現。

　例：パンとかを食べました。（喝了麵包啦等的東西。）

可用於表示動作的部分列舉的助詞另有「たり」，接續動詞た形。
例：暇なときは映画を<u>見たり</u>音楽を<u>聞いたり</u>
　　して過ごします。
（空閒時就看看書啦聽聽音樂啦等方式度過。）

（2）

▶ …し、…。

あの人は頭もいいし、体も丈夫です。

他頭腦也好，身體也壯。

❶ 「とか」用於連接名詞與名詞或動詞與動詞，接續助詞「し」則是用於連接述語與述語，用於強調，意思是「既…又…」，經常與「も」搭配。

例：今日は雨も降っているし風も強い。

（今天既下雨，風又強。）

あの店は安いし、おいしいです。

（那家店既便宜，又好吃。）

友人と映画を見たし、カラオケにも行った。

（和朋友看了電影，還去唱了卡拉OK。）

❷ 若將4級文法介紹過的接續助詞「て」與「し」作比較，雖然同樣都表並列、累加，但是「し」比「て」語氣強，可作「不只…而且…」解釋，多了強調的含義。

例：今日は雨で風が強い。----並列狀況

（今天下雨、刮大風。）

あの店は安くておいしいです。----累加特徵

（那家店便宜、好吃。）

友人と映画を見てカラオケに行った。----動作順序

（和朋友看電影，接著去唱了卡拉OK。）

❸ 「し」所連接的句子，如果後面跟著的是結論或判斷，此時「し」代表的是原因、理由的列舉，通常作「…し、…し、…」或是「…し、…から、…」。亦可只有一個「し」，暗示還有其他理由。

例：彼は頭もいいし体も丈夫だし、幹部に最適の人です。
　　　　理由　　　　　理由　　　　　　　　結論

＝彼は頭もいいし体も丈夫だから、幹部に最適の人です。

（他頭腦又好，身體又強壯，是最適合當幹部的人選。）

＝彼は頭もいいし、幹部に最適の人です。

(2-1)

▶ ……。それに、……。

あの人は頭もいいです。それに体も丈夫です。

他頭腦又好，而且身體也壯。

❶ 接續詞「それに」意指相關事件的累加，連接句子與句子，中文譯為「而且」。除了單獨使用外，也可以和接續助詞「し」併用。

例：下宿は会社に近い。それに環境もいい。

（租屋離公司近。而且環境也好。）

下宿は会社に近いし、（それに）環境もいい。

（租屋離公司近，（而且）環境也好。）

□ 〜でも

子供（こども）でもできます。

連小孩子都會。

❶ 「でも」接在名詞後面，可表示舉一極端的例子，類推其他一般情況當然也……。中文可譯爲「連〜都」「即使〜也」。

例：この質問（しつもん）は先生でもわかりません。

（這個問題就連老師也不知道。）

❷ 「でも」另外還可以用於表示隨意地舉一例，類推其他情況也可以，但此用法通常出現在勸誘句裡。

例：コーヒーでも飲みましょう。

（喝個咖啡或者什麼的吧。）

❸ 如果是「疑問詞＋でも」，則是表示「全部都」，只接肯定句，表全面肯定，中文可譯爲「不論〜都」。參見本書 p.12。

例：あの人は何でも知っています。

（他不論什麼都知道。）

3 期限

(1)

■ までに

明日9時までに学校に来てください。

明天9點以前請到學校。

❶ 「までに」為助詞，前接期限（通常為時間名詞），表示動作必須在此期限到來前發生，中譯為「在～之前」。

例：ランチまでに仕事を終わりたい。
（希望在午餐前把工作做完。）

❷ 「までに」限定動作在期限內(的任何時間點皆可)發生，後面因此不適合接表持續狀態的句子。

例：(×)ランチまでに仕事をしていた。

❸ 表示動作・作用的開始或結束時，可以使用「までに」；但如果是表示動作持續進行的時間範圍，即「時間帶」時，則須作「まで」。

例：(×)正午まで雨が降り出した。
　　(〇)正午までに雨が降り出した。
　　　　（正午還沒到便下起了雨。）

　　(〇)ランチまでに掃除する。（在午餐之前要打掃。）

　　(〇)ランチまで掃除をしていた。
　　　　（在午餐之前一直在打掃。）

❹ 比較之前學過的「に」「まで」與「までに」的差別，簡單整理如下。

ア.「に」：表示動作、作用發生的確實時間點

例：8時<u>に</u>行きます。 （8點去。）

昼食^{ちゅうしょく}の時間<u>に</u>本を読む。（在午餐時間看書。）

イ.「まで」：表示連續動作、作用的結束時點

例：ゆうべ12時<u>まで</u>勉強していた。

（昨晚唸書唸到12點。）

夜^{よる}<u>まで</u>雨が降っていた。 （雨下到晚上。）

ウ.「までに」：表示動作、作用發生的最晚時限

例：夜<u>までに</u>雨があがるでしょう。

（晚上之前雨會停吧。）

日曜日<u>までに</u>配達^{はいたつ}します。

（在星期日之前寄送。）

（2）

■ で［期限］

二日（ふつか）で済（す）ませてください。

請在兩天內完成。

1. 助詞「で」前接時間名詞時亦可作「期限」解釋，用法如下。

ア.前接「時間點」，表示動作結束的時間期限。

例：来週（らいしゅう）で結婚２年目（め）になる。

（下個星期將邁入婚姻生活第二年。）

会議は３時で終わる。

（到３點會議就結束。）

イ.前接「時間帶」，表示動作至結束爲止所需花費的時間長度。

例：一週間（いっしゅうかん）でできる。 （一個星期就能完成。）

５分でご飯を食べる。 （5分鐘就能吃完飯。）

2. 助詞「に」前接時間名詞，爲單純意指動作發生的時間點。助詞「で」前接時間點時，則通常除了表示結束的時間期限，還含有期待或惋惜的心情。

例：会議は３時に終わる。----單純指會議將在３點結束
　　会議は３時で終わる。----(期待)會議到３點結束

4 過度

■ 数詞＋も

彼はパンを五つも食べました。

他吃了五個麵包（之多）。

❶ 「も」除了與疑問詞搭配表示全面肯定或否定之外，亦可接在數量詞後面，強調數量超出預期。「も」在中文可譯為「～之多」，但口語裡通常省略。

例：このスーツは７千元です。　　　----平舖直述
（這件套裝臺幣七千元。）

このスーツは７千元も要ります。　----強調數量
（這件套裝要價臺幣七千元之多。）

> 與「も」相反，表示數量少時是以「しか（～ない）」接在數量詞的後面表示。。
>
> 例：彼はパンを一つしか食べませんでした。
> （他只吃了一個麵包。）

❷ 如果是「最小數量詞＋も＋否定」，則相當於全面否定，意思是「絲毫沒有」。

例：私はパンを一つも食べませんでした。
（我連一個麵包也沒吃到。）

私はパンを<ruby>少<rt>すこ</rt></ruby>しも食べませんでした。

（我連一丁點麵包也沒吃到。）

❸ 複習一下數量詞的基本用法。

　　ア.數量詞通常位於所修飾的動詞之前。

　　　例：教室に学生が三人います。

　　　　（教室裡有三個學生。）

　　　　りんごを五つ買いました。

　　　　（買了五個蘋果。）

　　イ.表時間長度的數量詞亦可位於「～を」的前面。

　　　例：日本で日本語を三か月勉強しました。

　　　　日本で三か月日本語を勉強しました。

　　　　（在日本學了三個月的日文。）

　　ウ.表頻率的數量詞通常位於「～を」的前面。

　　　例：(×)週にテニスを2回します。

　　　　(○)週に2<ruby>回<rt>かい</rt></ruby>テニスをします。

　　　　　　<ruby>週<rt>しゅう</rt></ruby>

　　　　　（一星期打兩次網球。）

（2）

■ ばかり

この子は毎日テレビばかり見ています。

這孩子每天淨是看電視。

❶. 「ばかり」意指「只、淨是」，可加在想要強調的事物之後，例如「N＋ばかり＋V」便是強調「NをV」的量或次數之多（過量）。

例：文句ばかり言わないでください。

（別淨是抱怨。）

❷. 「ばかり」除了接在名詞後表過量外，亦可接在動詞て形和「います」之間，表示動作過多並已成為常態。

例：彼はいつも怒ってばかりいます。

（他老是生氣。）

もっと☀

「ばかり」亦可接在數量詞後面，但此時表示的是大概的數量，中文可譯為「～左右」，相當於「ぐらい」。

例：学校まで1時間ばかりかかります。
（到學校要一個小時左右。）

（3）　**■ ～すぎる**

少_{すこ}し言_いいすぎました。

講得稍微過分了點。

1. 標題句中的「言いすぎる」，是由「言う」和「すぎる」兩個動詞組成的複合字。「すぎる」的意思是「超過」，接在其他動詞的ます形去「ます」之後，可表示該動作在次數或程度上已超過限度。

例：言います ＋ すぎる → 言いすぎる（說得過分）
　　食べます ＋ すぎる → 食べすぎる（吃太多）

2. 除了接動詞之外，「すぎる」也可以接在形容詞語幹後作相同用法。

例：長い 　 ＋ すぎる → 長_{なが}すぎる 　（過長）
　　静か（な）＋ すぎる → 静_{しず}かすぎる（過於安靜）

5 難易

（1）

□ VＭＳやすい

この靴<ruby>靴<rt>くつ</rt></ruby>ははきやすいです。

這雙鞋好穿。

❶「やすい」為形容詞，有「便宜(<ruby>安<rt>やす</rt></ruby>い)」和「容易(<ruby>易<rt>やす</rt></ruby>い)」兩個基本意思，與去掉ます後的動詞ます形合組成複合字時的「やすい」是第二個基本意思（容易）的衍生用法，中文為「易～」。

　　例：<ruby>燃<rt>も</rt></ruby>えます ＋ やすい → 燃えやすい（易燃）

　　　　食べます ＋ やすい → 食べやすい（方便吃）

　　例：<ruby>紙<rt>かみ</rt></ruby>は燃えやすいです。 （紙易燃。）

　　　　おにぎりは食べやすい。 （飯糰方便吃。）

　　　　<ruby>冬<rt>ふゆ</rt></ruby>は<ruby>風邪<rt>かぜ</rt></ruby>を<ruby>引<rt>ひ</rt></ruby>きやすいです。 （冬天容易感冒。）

❷同一個字有時須視描寫的對象作解釋，例如「歩きやすい」──

　　例：この靴は<ruby>歩<rt>ある</rt></ruby>きやすいです。 （這雙鞋穿起來好走。）

　　　　この<ruby>道<rt>みち</rt></ruby>は歩きやすい。 （這條路好走。）

（2）

□ Ｖ^{ます}にくい

このペンは書_かきにくいです。

這枝筆不好寫。

❶ 「にくい」為形容詞，單獨使用時有「可惡、可恨(憎_{にく}い)」的含義，但當接在去掉ます後的動詞ます形後面時，則是作「困難(難_{にく}い)」解釋，表示「不易～」。

例：**読みます ＋ にくい → 読みにくい**（不易讀）
　　答_{こた}えます ＋ にくい → 答えにくい（難回答）

例：**字_じが小さくて読みにくいです。**
　　（因為字小所以不易閱讀。）
　　この問題_{もんだい}は答えにくいです。
　　（這個問題很難回答。）

❷ 同一個字有時須視描寫的對象作解釋，例如「言いにくい」──

例：**このことは人に言いにくい。**
　　（這件事很難開口跟人說。）
　　この名前_{なまえ}は言いにくい。
　　（這個名字很難唸。）

- 29 -

■ こんな・そんな・あんな・どんな＋N

こんなものを食^たべないでください。

請不要吃這種東西。

❶ 指示詞「こんな、そんな、あんな、どんな」和「この、その、あの、どの」的作用同樣是限定名詞，不同的是「この～」系列限定該名詞本身，意思是「這個～」，而「こんな～」系列則是限定該名詞的屬性，意思是「像這樣的～」。

　　例：こんなものを食べないでください。

　　　（請不要吃這種東西。）

　　　このものを食べないでください。

　　　（請不要吃這個東西。）

　　　例如手指著漢堡說上述例句時，「このもの」指的是漢堡，「こんなもの」則可能是指漢堡這類高熱量低營養的垃圾食物（如薯條、可樂、…等都可包括在內）。

❷ 「こんな、そんな、あんな、どんな」加上「に」，作「こんなに、そんなに、あんなに、どんなに」則可以作副詞用法，用於強調程度之甚。

　　例：こんなにおもしろい番組^{ばんぐみ}は初^{はじ}めて見^みました。

　　　（第一次看到這麼有趣的節目。）

（2）■ こう・そう・ああ・どう＋N

この漢字_(かんじ)はこう書_(か)きます。

這個漢字是這麼寫的。

❶ 「こそあど」系列作副詞用法時是「こう（如此、這樣、這麼）、そう（那樣、那麼）、ああ（那樣、那麼）、どう（如何、怎麼）」的形態。註：特別注意「ああ」的拼法，並不是「(×)あう」。

例：**こう書く。**　　（像這樣子寫。）

　　ああする。　　（那麼做。）

❷ 「こう、そう、ああ、どう」後面接上「いう」，則可修飾名詞。用法和「こんな、そんな、あんな、どんな」一樣，都是指所修飾名詞的屬性，但「こういう、そういう、ああいう、どういう」較文章用語。

例：**こういう人もいる。**

　　（也有像這樣的人。）

(3)

■ こ・そ・あ [文脈]

昨日（きのう）、本（ほん）を買（か）いました。
それは今月（こんげつ）のベストセラーです。

昨天買了一本書，是這個月的暢銷書。

❶ 指示詞「こそあ」的基本用法是4級文法裡提到的「指示出現在說話現場裡的人或物」；這裡要介紹的衍生用法則是表示「指示出現在談話中的人或事物（此人或事物並未出現在說話現場）」。註:標題句中的「それ」，指的是前一句話裡提到的書。

❷ 當用於指示出現在談話中的人或事物時，指示詞「こそあ」三者的使用分別是<u>依說話者和聽者對於被指示的人或事物熟不熟識或知道不知道來決定</u>。

　ア.說話者熟悉而聽者不熟悉指示物時→用「そ」或「こ」
　イ.說話者不熟悉而聽者熟悉指示物時→用「そ」
　ウ.說話者和聽者均熟悉指示物時→用「あ」

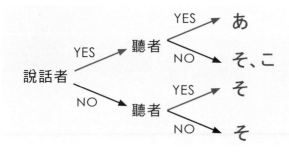

　　　　　　➡ 表熟識或知道被指示的人或事物
　　　　　　➡ 表不熟識或不知道被指示的人或事物

ェ.說話者和聽者均不熟悉指示物時→用「そ」

③ 標題句「昨日、本を買いました」,買書的動作是說話者個人的行為,聽者並未參與。換句話說,只有說話者自己知道而聽者並不知道買的是哪本書的情況下,此時可用「そ」或「こ」。

もっと☀

與「あ」同樣用於表示說話者和聽者都熟悉的指示物的還有「例の」,例如「あの件」亦可說成「例の件」,指的是說話者和聽者都已知道的某件事。

例：<u>あの件／例の件</u>はその後どうなりましたか。
（那件事後來怎麼樣了？）

除此之外,「例の」亦常引申為「いつもの～」,意思為「老樣子的～」。

例：<u>例の</u>ところで会いましょう。
（在老地方見面吧！）

プチテスト （小測驗）

(1) きのう　まんがを　10冊＿＿＿　読みました。

(2) とても　かんたんな　料理だから、3分＿＿＿
でき ますよ。

(3) A「きのう　見た　映画は　おもしろかったですよ。」
B「＿＿＿＿＿　映画は　何という　映画ですか。」

(4) この　くつは　あの　くつ＿＿＿　歩きやすいです。

(5) A「デパートで　なにか　買いましたか。」
B「ええ、シャツ＿＿＿＿＿　くつ下とか、いろいろ
買いました。」

(6) この　紙に　名前を　書いて、来週＿＿＿＿＿＿
じむしょに　出して　ください。

(7) あたまが　いたい＿＿＿、ねつが　あるから、きょうは
休みます。

正解：
(1) も　　　(2) で　　　(3) その
(4) より　(5) や　とか　(6) までに　(7) し

- 34 -

7 授受［物］

（1）
> ～にNをあげる。

林さんが恋人に花をあげた。

林先生送花給情人。

❶ 表示物品的施與受關係時，依據給與者與接受者的人稱及親疏遠近，所使用的動詞也不同，這類動詞即所謂的授受動詞。

❷ 常見的授受動詞有：「あげる、やる、さしあげる、くれる、くださる、もらう、いただく」等。前五個為「授」，意思是「給與」；後二個為「受」，意思是「得到」。

❸ 「あげる」是表示「給與」的一般說法，完整的句型為「S₁が/は S₂にOをあげる」。「S₁」表物品的授與者，「S₂」表示物品的接受者，用助詞「に」表示。
例：わたしは友達にクリスマスカードをあげた。
（我送了聖誕卡片給朋友。）

❹ 注意！「あげる」有人稱的限制，接受者不可以是第一人稱的「わたし」。
例：（×）林さんがわたしに花をあげた。

わたし
あなた　が/は
他人

あなた、他人
他人
他人

に　物を　あげる。

(1-1) ▶ ～にNをさしあげる。

林さんが先生に花を差し上げた。

林先生送花給老師。

❶ 意指「給某人」的「差し上げる」是「あげる」的敬語表現，兩者的授與句型相同。

❷ 「差し上げる」特別用在接受者是上司或長輩時，作為對接受者表示敬意。至於平輩或晚輩，一般是以「あげる」的用法最恰當。

例：わたしは課長にお土産を差し上げます。
（我送伴手禮給課長。）

(1-2)　▶　～にＮをやる。

父が子供に絵本をやった。

爸爸送小孩圖畫書。

1. 授受動詞「やる」主要是表示給親近的朋友、家人或晚輩、屬下，是屬於比較不拘泥禮數的說法。

例：わたしは弟にお菓子をやった。

（我給弟弟點心吃。）

2. 「やる」也適用於表示給動植物水或食物等。

例：私は毎朝花に水をやる。（我每天早上給花澆水。）

弟が魚に餌をやる。　　（弟弟餵魚吃飼料。）

3. 但也許是認為「やる」的語氣有點粗魯，日本女性因此並不常用，多半還是使用「あげる」。

例：私は弟にお菓子をあげた。

私は毎朝花に水をあげる。

弟が魚に餌をあげる。

(2)

▶ ～にＮをもらう。
▶ ～からＮをもらう。

王さんは恋人に花をもらった。
わたしは学校から奨学金をもらった。

王小姐從情人那兒收到了花。
我獲得了學校的獎學金。

1. 「もらう」意指「得到」，表示自某人那裡收到東西，授與者通常爲平輩或晚輩。完整的句型爲「S₁が/は S₂にＯをもらう」。「S₁」表物品的接受者，「S₂」表示物品的授與者，視情況用助詞「に」或「から」表示。

　ア.授與者爲人時，助詞用「に」或「から」

　　例：田中さんは恋人に/からネクタイをもらった。
　　　（田中先生從女朋友那兒收到了一條領帶。）

　イ.授與者爲單位機關時，助詞用「から」

　　例：(×)大会に景品をもらいました。
　　　(○)大会から景品をもらいました。
　　　（在大會裡拿到了紀念品。）

2. 「もらう」有人稱的限制，授與者不可以是第一人稱的「わたし」。

　例：(×)王さんがわたしに花をもらった。

```
わたし          他人
あなた   が/は   他人    に/から  物 を もらう。
他人          他人
```

❸ 「もらう」所得自他人的東西，可能是對方主動給與，也可能是經由拜託，得到允許後才獲得。

例：市役所から戸籍謄本をもらった。
（從市公所要來了一份戶籍謄本。）

(2-1)

> ～にNをいただく。
> ～からNをいただく。

王さんは先生に本をいただいた。
息子は学校から奨学金をいただいた。

王小姐從老師那兒得到了一本書。
兒子獲得了學校的獎學金。

❶ 意指「自他處獲得」的「いただく」是「もらう」的謙讓表現，「いただく」主要用在授與者是上司或長輩時，作為對授與者表示敬意。但由於說法客氣，即使是接受平輩贈與，欲表示客套時也會使用。

例：同僚の林さんからお土産をいただいた。
（從同事林先生那裡收到伴手禮。）

(3) ▶ ～にNをくれる。

林さんが（わたしに）花をくれた。

林先生送我花。

❶ 「くれる」是個特殊的授受動詞，意思和「あげる」一樣，譯成中文都是「給」，不同的是「くれる」只用於收受者爲説話者本人(第一人稱)或是説話者認定與其有關的人時。所以「くれる」的中文意思應該是指「給(我/我方)」。

❷ 適用「くれる」的授與者通常是平輩或晚輩，完整的句型爲「Sが/は わたしにOをくれる」。「S」表物品的授與者，「わたし」爲物品的接受者。一般日常會話中時常省略「私に」，但並不影響意思。註：這是因爲「くれる」本來就含有「給(我)」的意思。

| あなた 他人 | が/は | わたし | に | 物 を くれる。 |

❸ 當接受者爲説話者的家族成員，或是説話者視接受者爲「自己人」時，也可以使用「くれる」。

例：張さんは妹に絵本をくれた。
（張小姐送我妹妹圖畫書。）

「くれる」通常是對方主動給予我方。

(3-1) ▶ ～にNをくださる。

先生が（わたしに）本をくださった。

老師送我書。

① 「くださる」是「くれる」的敬語表現，兩者的授與句型相同。

② 「くださる」特別用在授與者是上司或長輩時，作爲對授與者表示敬意。但由於說法客氣，有時即使是接受平輩的贈與，欲表示客套時也會使用。

例：同僚の林さんは息子に入学祝いをくださった。

（同事林先生送我兒子入學賀禮。）

③ 「くださる」的活用變化有些特別，雖然是第一類動詞（五段活用動詞），但是ます形必須作「（○）くださいます」，而非「（×）くださります」。註：「ください」在4級文法「Nをください」「Vてください」等請求句中已經出現過。

例：先生はわたしに本をくださいました。

8 授受［動作］

（1）

■ Ｖてあげる

鈴木さんは陳さんに日本語を教えてあげた。

鈴木先生教陳小姐日語。

❶ 日語在表現授受動詞的關係時，不止「物品的授受」，連「行爲的授受」也有類似用法。表現方式是將授受動詞接在表示行爲、動作的「動詞て形」之後。

例：荷物はあとで送ってあげます。

（行李稍後會寄給你。）

❷ 「Ｖてあげる」是指基於好意而做某種行爲，有帶給對方好處的意思，接受利益的一方一般用助詞「に」表示。

例：わたしはジョンさんにお金を貸してあげた。

（我借錢給約翰先生。）

❸ 但如果表示行爲的動詞本來就需要「人を」作爲受詞，改成授受表現時，只須直接在動詞て形之後加上「あげる」，其他不變。

例：子供を助けた。　　----平述句

子供を助けてあげた。　----授受表現

（救了小孩。）

❹ 當動作授與者爲說話者本人時，由於會給對方強加恩惠於人的印象，對於關係不太親近而地位高的人，最好避免當面使用本句型。此時可以作「Ｖましょうか」。

例：**陳さん、日本語を教えましょうか**。
（陳小姐，我教妳日語，好嗎？）

(1-1) **■ Ｖてさしあげる**

りん　　　せんせい　　はな　か　　さ　あ
林さんは先生に花を買って差し上げた。

林同學買花給老師。

---

❶ 「Ｖてさしあげる」是「Ｖてあげる」的敬語表現，但「Ｖてさしあげる」特別用在接受者是上司或長輩時，作爲對接受者表示敬意。

例：**きのう先生に荷物を持ってさしあげた**。
（我昨天替老師拿行李。）

❷ 但若當面向上司或長輩提議要爲他做某事時，直接使用「Ｖてさしあげる」的句型會使對方有被迫接受我方施恩之嫌，爲失禮的說法。

例：**（×）先生、荷物を持ってさしあげましょう**。
（○）先生、荷物をお持ちしましょう。
（老師，我來提行李吧！）

註：「お持ちします」是「持ちます」的謙讓語，參見p.187。

(1-2)

■ Vてやる

わたしは犬に犬小屋を造ってやった。

我為小狗蓋了間狗屋。

❶ 「Vてやる」主要用於當行為的接受者為晚輩、位階低者或動植物時。

例：**子供の宿題を見てやった。**　（幫孩子看功課。）

　　花に水をまいてやる。　（給花澆水。）

❷ 「Vてやる」有時也會用在表示憤怒、討厭對方的情況。此時表示行為、動作的動詞通常是說話者認為會令對方感到訝異、苦惱或是討厭的動作。

例：**あなたを殺してやる。**

　　（看我把你給殺了！）

　　こんな給料の安い会社、いつでも辞めてやる。

　　（薪水這麼少的公司，隨時可辭職！）

（2）**■ Vてもらう**

ちん すずき にほんご おし
陳さんは鈴木さんに日本語を教えてもらった。

陳小姐請鈴木先生教她日語。

❶. 「Vてもらう」表示「恩惠、利益、行爲」的授受關係，用
於「請某人爲我或某人做某動作」。這是一個得到好處
的一方心存感激的表達方式。

　　例：**プレゼントを買っ<u>て</u>もらった。**
　　　　（有人買了禮物給我。）

❷. 「Vてもらう」的動作授與者一般用助詞「に」表示，通
常爲同輩、晩輩或家人。

　　てつだ
　　例：**陳さんは友達に手伝っ<u>て</u>もらった。**
　　　　（陳同學受了朋友幫忙。）

❸. 但當動作授與具有傳遞的特性，例如物品或知識情報
等從一方傳遞到另一方時，也可以作「～からVてもら
う」表示出處。

　　となり　　　　こしょういれ　　と
　　例：（〇）**隣の人<u>から</u>胡椒入れを取ってもらった。**
　　　　　（我請隔壁的人幫我拿胡椒罐。）
　　　　　　　　　　　　　　　　　つく かた
　　　（〇）**友達<u>から</u>日本料理の作り方を教えてもらった。**
　　　　　（請朋友教我日本料理的做法。）

　　　（×）**友達<u>から</u>手伝ってもらった。**
　　　　　　　　　　　　　　　----非物品或知識傳遞

- 45 -

(2-1) ■ Ｖていただく

先生（せんせい）に推薦状（すいせんじょう）を書（か）いていただいた。

我請老師幫我寫推薦信。

❶「Ｖていただく」是「Ｖてもらう」的謙讓表現，平常用「Ｖてもらう」即可，但當動作給與者為上司或長輩時，亦可藉「Ｖていただく」來表示敬意。

例：部長（ぶちょう）に注意（ちゅうい）<u>して</u>いただきました。
（承蒙經理的提醒。）

❷ 另外，我們也可以用「Ｖていただきます」來表達「請求、依賴」，但是必須改成<u>可能形</u>並且作疑問句「Ｖていただけますか」，或更客氣一點，作否定疑問句「Ｖていただけませんか」的說法。

註：「可能形」請參見本書p.92。

例：駅（えき）まで送（おく）<u>って</u>いただけますか。
（能請您送（我）到車站嗎？）

すみません。ちょっと手伝（てつだ）<u>って</u>いただけませんか。
（對不起。可不可以幫我個忙？）

（3）

■ Vてくれる

鈴木さんが（私に）日本語を教えてくれた。

鈴木先生教我日語。

❶. 「Vてくれる」是「我」或「我方的人」從對方的動作中得到好處，心存感謝的表達方式。但是，「Vてもらう」是以得到好處的人爲主語，而「Vてくれる」則是以動作者爲主語，動作者主動去做的語感較強。

❷. 由於「Vてくれる」原本就含有「給(我)」的意思，所以即使省略掉「私に」或「私を」，意思亦不受影響。這是因爲我們由「くれる」這個字就知道這個行爲是爲「我」而做，因此不必特別提出來，也不會產生誤解。

例：友達が（私を）助けてくれた。

（朋友幫了我。）

❸. 這個句型對初學者來說特別困難，因爲常會把「くれる」和「あげる」弄錯。例如——

（×）友達がわたしにいろいろな物を買ってあげた。

（○）友達がわたしにいろいろな物を買ってくれた。

----朋友買許多東西給我

（○）わたしは友達にいろいろな物を買ってあげた。

----我買許多東西給朋友

❹ 當不使用「Ｖてくれる」而僅以動詞表示時，就會變成是某人的單純動作，沒有「爲我做～」的含義，要特別注意。

例：**鈴木さんは自転車を修理しました。**
　　　----沒有提示鈴木先生爲了誰修理腳踏車

　　鈴木さんは自転車を修理してくれた。
　　　----鈴木先生是爲「我」修理腳踏車

もっと☀

當某人的行爲造成說者的困擾而非受惠時，有時說話者也會故意使用「Ｖてくれる」，但此時爲反諷、挖苦之意。

例：**よく困ったことをしてくれたね。**
　　　(你還真是會給我找麻煩！)

(3-1)

■ Ｖてくださる

せんせい　すいせんじょう　か
先生が推薦状を書いてくださった。

老師寫了推薦信給我。

❶「Ｖてくださる」的用法大致和「Ｖてくれる」一樣，只是語氣中多了對動作者的敬意，通常用於動作授與者爲上司或長輩時。

❷還記得４級文法中介紹過表示「請求、依賴」最基本的說法「Ｖてください」嗎？其原型便是源自「Ｖてくださる」這個授受關係；如果要更有禮貌，也可以用否定疑問句「Ｖてくださいませんか」來表現。

しず
例：**静かにして**ください。

（請安靜！）

かね　か
お金を貸してくださいませんか。

（您能借我錢嗎？）

9 補助動詞

　■　Ｖてみる

やってみます。

我做做看。

❶ 日語裡某些動詞可以接在另一個動詞的て形之後，用於輔助、豐富前項動詞的含義，語法中稱爲補助動詞。像是已經學過的「～ている、～てある、～てあげる、～てくれる、～てもらう」中的「いる、ある、あげる、くれる、もらう」都是補助動詞。

例：**今、テレビを見ている。**　（現在正在看電視。）
　　黒板に字が書いてある。　（黒板上寫著字。）
　　鈴木さんが日本語を教えてくれる。
　　（鈴木先生教我日語。）

❷ 補助動詞有個共通的現象是語意虛化成抽象，即使原本有漢字可標示，也多以平假名書寫。標題句「～てみる」便是由他動詞「見る」虛化而成，意思是「試試看」。

例：**映画を見る。**　　　----動詞本義
　　（看電影。）
　　コートを着てみる。　----抽象含義
　　（試穿外套看看。）

（2） **■ Vておく**

> 部屋を掃除しておきます。
> （へや）（そうじ）
>
> 先把房間打掃好。

❶ 「置きます」爲動詞，中文意思爲「放（置）」，接在其它動詞的て形後面可當補助動詞，「Vておく」的意思是「爲了某目的事先做好某事」，中文可譯爲「先把～做好」。

例：めがねを机の上に置く。　　----動詞本義
　　（把眼鏡放在桌上。）

　　コーラを冷やしておく。　　----抽象含義
　　（事先把可樂拿去冰。）

❷ 補助動詞也可以て形累加，此時表示授受的補助動詞通常置於最後。

例：彼が席を取っておいてくれた。
　　（他預先幫我佔了個位置。）

　　このケーキを食べてみてください。
　　（請吃吃看這個蛋糕。）

(3)

■ Ｖてしまう

約束を忘れてしまいました。

忘記了有約會。

❶ 「仕舞う」為動詞，中文意思為「做完，結束」或「收拾，收好」，接在其它動詞的て形後面可當補助動詞。比較不同的是，作本義使用時亦通常不寫漢字。

例：**仕事をしまう。** ----動詞本義

（做完工作。）

おもちゃをしまう。 ----動詞本義

（收拾玩具。）

❷ 「Ｖてしまう」主要有兩個含義：

ㄱ.表示動作完了。

例：**宿題をやってしまいました。**

（功課做完了。）

ㄴ.表示並非本意地做了令人遺憾的事，或遺憾某事情已無法回復成原來的狀態，含有負面的情緒。

例：**寝坊して学校に遅れてしまった。**

（早上睡過頭，上學遲到了。）

❸ 「～てしまう」在口語中常縮略為「～ちゃう」，遇到濁音「～でしまう」時則是作「～じゃう」。

例：バスは行ってしまった。

＝　バスは行っちゃった。

（公車離站了。）

昨日見た野良犬はもう死んでしまった。

＝　昨日見た野良犬はもう死んじゃった。

（昨天看到的流浪狗已經死了。）

(4)

■ Ｖていく

時間<ruby>時<rt>じ</rt></ruby><ruby>間<rt>かん</rt></ruby>はどんどん<ruby>過<rt>す</rt></ruby>ぎていきます。

時間快速飛逝。

❶ 「行く」為動詞，表某人或物由近向遠處的移動，有「い
く」和「ゆく」兩種讀音，前者較口語，後者較文語，中
文意思皆為「去」，接在其它動詞的て形後面可當補助
動詞。

例：<ruby>台北<rt>たいぺい</rt></ruby>へ<u>行きます</u>。　　（去台北。）

❷ 「Ｖていく」主要有下列用法：

ア.表示空間上遠離說話者，中文譯為「～去」。此用法
由於意思尚未虛化，有時亦可寫出漢字。

例：<ruby>橋<rt>はし</rt></ruby>を<ruby>渡<rt>わた</rt></ruby>っ<u>て</u>いきます。

（走過橋去。）

<ruby>鳥<rt>とり</rt></ruby>が<ruby>空<rt>そら</rt></ruby>へ<ruby>飛<rt>と</rt></ruby>び<ruby>立<rt>た</rt></ruby>っ<u>て</u>行きました。

（小鳥往天空飛去了。）

イ.表示某種傾向擴大，未來將隨著時間日益變化，中
文可譯為「逐漸～(下去)、越來越～」，常與「だん
だん(漸漸)」等副詞一起使用。此用法意思已經虛
化，只會以「Ｖていく」來書寫。

例：<ruby>人間<rt>にんげん</rt></ruby>の<ruby>寿命<rt>じゅみょう</rt></ruby>は<ruby>長<rt>なが</rt></ruby>くなっ<u>て</u>いく。

（人類的壽命將會越來越長。）

だんだん寒くなっ<u>て</u>いきます。

（天氣會漸漸地冷下去。）

ウ.表示動作向未來持續，譯爲「繼續〜」。此用法意思
已經虛化，只會以「Ｖていく」來書寫。

例：これからもがんばっ<u>て</u>いきます。

（今後亦將繼續努力。）

この研究は卒業後も続け<u>て</u>いきます。

（這個研究，畢業後也要繼續做下去。）

作イ與ウ的用法時，由於動作或狀態是朝未來演進，因此時態通常爲非過去式。

■ Ｖてくる

日本語が上手になってきました。

日語變得越來越好。

❶「来る」爲動詞，與「行く」剛好相反，表某人或物由遠
向近處移動，中文意思爲「來」，接在其它動詞的て形
後面可當補助動詞。

例：台中へ来ます。（來台中。）

❷「Ｖてくる」主要有下列用法：

　ア.表示空間上朝說話者趨近，中文譯爲「～來」。此用法
　　由於意思尙未虛化，有時亦可寫出漢字。

　　例：向こうから歩いてきました。

　　　　（從對面走了過來。）

　　　　学生たちが教室に入って来ます。

　　　　（學生們進教室裡來。）

　イ.表示狀態從以前到現在隨著時間日益變化，中文譯
　　爲「逐漸～起來、越來越～」。此用法意思已經虛化，
　　所以只會以「Ｖてくる」來書寫。

　　例：おなかが空いてきました。

　　　　（肚子越來越餓。）

　　　　だんだん涼しくなってきました。

　　　　（天氣漸漸地涼了起來。）

ウ.表示動作或狀態從以前持續到現在,中文無直接對應的動詞,通常不譯。此用法意思已經虛化,只會以「Ｖてくる」來書寫。

例:**大学を卒業^{そつぎょう}してからこの会社に勤めてきました。**
（自大學畢業後就在這家公司上班。）

> 作イ與ウ的用法時,由於動作或狀態是從以前就開始,因此時態通常為過去式。

もっと☀

當「行く」「来る」與前面動詞為純粹用て形串連的先後關係時,必須寫出漢字作「〜て行く」「〜て来る」,此時的「行く」「来る」意指具體的移動動作。

例:お金^{かね}を払^{はら}って行った。　----先付錢,後走
　　すいかを買って来た。　----先買西瓜,後來

10 　複合動詞

（1）

■ V^{ます}始める

昨夜（ゆうべ）８時（じ）ごろから雨（あめ）が降（ふ）り始（はじ）めました。

昨晚8點左右下起了雨。

1. 要表示細微語意，除了補助動詞外，也可直接結合動詞與動詞，組成複合動詞。前面的動詞以ます形去掉「ます」後連接後面的動詞。標題句中的「降り始める」，便是由「降る」和「始める」合組而成的複合動詞。

2. 「始める」是他動詞，經常與其它動詞合組成複合動詞，表示動作或作用的起始，意思是「開始～」。

例：**会議を始めましょう。** ---- 一般動詞
（開始開會吧！）
生（い）け花（ばな）を習（なら）い始めます。 ---- 複合動詞
（開始學插花。）

3. 「始める」相對應的自動詞是「始まる」，中文意思也是「開始」，但是「始まる」無法接在其它動詞後面構成複合動詞。

例：**学校は８時２０分に始まります。**
（學校8點20分開始上課。）

（2） ■ V^{ます}出す

> ### 彼女は急に泣き出しました。
> （かのじょ きゅう な だ）
>
> 她突然哭了起來。

❶ 「出す」也經常與其它動詞合組複合動詞，「出す」本身的基本定義是「使向外移動、使產生」，可作「取出、送出、發出」解釋。

例：**財布を<u>出します</u>。** （拿出錢包。）
（さいふ）

　　手紙を<u>出します</u>。 （寄信。）
（てがみ）

　　声を<u>出します</u>。 （出聲。）
（こえ）

❷ 與其他動詞組成複合動詞時的「～出す」，主要有兩種用法。

ア.前接暗含「移動」語意的動詞時，「～出す」表示「向外移動」，中文可譯爲「～出來」。

例：**図書館から本を<u>借り出します</u>。**
（としょかん）（か）

（從圖書館把書借出來。）

　　子供が道に<u>飛び出した</u>。
（みち）

（小孩子衝到馬路上來。）

イ.前接不含「移動」語意的動詞時，「～出す」可表動作或作用突然發生、出現，中文可譯爲「～起來」。

例：**あ、雨が<u>降り出しました</u>。**

（啊，下起雨來了。）

❸ 複合動詞「～出す」表開始時，與「～始める」的用法經常可互換。例如「急に雨が降り出しました」亦可說成「急に雨が降り始めました」。但還是有差別：<u>「～始める」指的是「開始→持續→結束」的第一個過程，「～出す」則偏重在「動作開始的那一瞬間」</u>。

例：**車内^{しゃない}でお弁当^{べんとう}を食べ出した。**

（在車上吃起了便當來。）

6時ごろから料理を作^{つく}り始めます。

（6點左右再開始做菜。）

❹ 「出す」的相對應自動詞是「出る」，中文意思為「出來、出去」。和「出す」不同，「出る」無法接在其它動詞後面構成複合動詞。

例：**うちを<u>出ます</u>。**　　　（出家門。）

もっと楽

表動作、作用突然發生或出現的「～出す」，其描述具有意外性，注意不能用於請求或意志表現。

例：（×）**食事は7時から食べ出してください。**

（○）**食事は7時から食べ始めてください。**

（請從7點開始用餐。）

■ Vます 終わる

もう食（た）べ終（お）わりました。

已經吃完了。

❶ 「終わる」是自他兩用動詞，中文意思是「結束，終了」。

例：**夏休（なつやす）みが終わります。** ----自動詞

（暑假結束。）

これでニュースを終わります。 ----他動詞

（新聞播報到此結束。）

❷ 「終わる」接在其它動詞的ます形去「ます」之後，組成複合動詞時，表示使該動作的過程終結，中文意思為「～完」。

例：**読（よ）み終わります。** （讀完。）

書（か）き終わります。 （寫完。）

❸ 與「～始める」相反，「～終わる」意指「開始→持續→結束」的最後過程，因此凡是沒有明顯結束階段的動詞，例如瞬間動作或狀態動詞等，均不能接續成為「～終わる」。

例：(×)**バスが行き終わった。**

(○)**バスが行ってしまった。** （公車開走了。）

❹ 另須注意「～終わる」通常表意志動作的結束，如果要表示自然現象或無意志行為的終了時，多用「～止（や）む（停止）」。

例：（×）風が吹き終わった。
　　（○）風が吹き止んだ。　　（風停了。）
　　（×）子供が泣き終わった。
　　（○）子供が泣き止んだ。　（小孩不哭了。）

❺「～終わる」也可改用與「終わる」的意思和用法極爲相
　似的動詞「終える」代替，作「～終える」。

例：昨日、その小説を読み終わりました。

　　昨日、その小説を読み終えました。

　　（昨天把那本小説讀完了。）

（4）

■ V^{ます}続ける

> # 彼らは政治の話をし続けました。
>
> 他們繼續談政治。

❶「続けます」為他動詞，中文意思為「繼續」，接在其它動詞的ます形去「ます」之後，可以表示動作或作用不斷進行。

例：**研究を続けます。**　　　　　---- 一般動詞
（繼續研究。）
朝から晩まで歩き続けました。 ---- 複合動詞
（從白天一直走到晚上。）

❷「～続ける」的用法和「ている」不同的是，「～続ける」表示動作持續發展，而「ている」則是指動作進行或結果持續的狀態，二者甚至可以併用。

例：**ドルが上がり続けます。**　　（美元持續升值。）
ドルが上がっています。　　（美元正在升值。）
ドルが上がり続けています。　（美元正持續升值中。）

❸「続ける」的對應自動詞是「続く」，中文意思也是「繼續」，但「続く」只接在少數動詞像是「降る」等後面構成複合動詞。

例：**お天気が続きます。**　（連續是好天氣。）
雨が降り続きます。　（雨繼續下。）

もっと☀

組成後的複合動詞是自動詞還是他動詞，必須由語意上的主要動詞決定(通常是前一項動詞)，之前的助詞不會因為複合動詞的形態而改變。

例：子供が泣きました。　　　（小孩哭了。）
　　子供が泣き始めました。　（小孩開始哭了。）
　　子供が泣き出しました。　（小孩哭了起來。）
　　子供が泣き止みました。　（小孩不哭了。）
　　子供が泣き続けました。　（小孩繼續哭。）

例：今晩の料理を作りました。　　　（煮今天的晚餐。）
　　今晩の料理を作り始めました。　（開始煮今天的晚餐。）
　　今晩の料理を作り出しました。　（煮起了今天的晚餐。）
　　今晩の料理を作り終わりました。（煮完了今天的晚餐。）
　　今晩の料理を作り続けました。　（繼續煮今天的晚餐。）

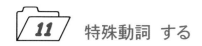

11 特殊動詞 する

（1）　▶　Nがする。

この花はいい匂いがします。

これ<ruby>花<rt>はな</rt></ruby><ruby>匂<rt>にお</rt></ruby>

這花聞起來很香。

❶ 「する」是個自他兩用動詞，之前我們學過「する」可以將極大範圍的名詞列為受詞，作「Nをする」，表示「做～」。

　例：電話<u>をします</u>。　（打電話。）

❷ 但是當「する」作自動詞「Nがする」時，通常是表示自然感受到某種現象或狀態。此時前接表氣味、聲音、感覺等名詞，表示有這種感覺。

　例：<ruby>自動車<rt>じ どうしゃ</rt></ruby>の<ruby>音<rt>おと</rt></ruby><u>がします</u>。　（聽到汽車的聲音。）
　　　<ruby>変<rt>へん</rt></ruby>な<ruby>味<rt>あじ</rt></ruby><u>がします</u>。　　　（吃起來有怪味。）
　　　いい<ruby>気持<rt>き も</rt></ruby>ち<u>がします</u>。　　（感覺很好。）

❸ 類似的用法有前接關於價格或時間等數量詞，作「N（も）する」，表示「花費～」，「も」為強調數量時的用法。

　例：この本は<ruby>千円<rt>せんえん</rt></ruby><u>します</u>。　（這本書要日幣１千圓。）
　　　買って1年<u>もしない</u>。　　（買了還不到一年。）

プチテスト (小測験)

(1) 空が　くらく　なって　強い　風が＿＿＿＿＿はじめた。

(2) 秋に　なると、だんだん　木の　はの　色が　かわって
＿＿＿＿＿。

(3) 私は、ヤンさん＿＿＿＿　銀行へ　行く　道を　教えて
あげた。

(4) 空港まで　迎えに　＿＿＿＿＿＿　あげますから　しんぱい
いりません。

(5) 母は　一人で　いっしょうけんめい　わたしたちを
育てて　＿＿＿＿＿＿。

(6) テーブルは　後で　使いますから、ここに　ならんで
＿＿＿＿＿＿＿　ください。

(7) このごろ　肉を　食べない　人が　ふえて　＿＿＿＿＿＿＿。

12 許可

(1)

▶ Ｖてもいい。

もう<ruby>帰<rt>かえ</rt></ruby>ってもいいですよ。

已經可以回家了喔。

❶ 動詞て形後面加上「も」，再加上「いい」，構成「Ｖても
　いい」，是一個表現許可、允許別人做某事的句型，相
　當於中文的「可以～」「～做也可以」。
　例：<ruby>鉛筆<rt>えんぴつ</rt></ruby>で<u>書いて</u>もいい。（可以用鉛筆寫。）

❷ 欲請求別人允許自己可否做某件事時，直接以敬體問
　句「Ｖてもいいですか」的形式詢問即可。回答時，肯定
　回答時可以作「はい、いいですよ」，不過真實生活中的
　會話多半使用「はい、どうぞ」。
　例：ここに<ruby>座<rt>すわ</rt></ruby>ってもいいですか。
　　　（我可以坐這裡嗎？）

　➡ はい、いいです。　　（是，可以。）
　➡ はい、どうぞ。　　　（可以的，請。）

❸ 若回答為不允許時，除了用「いいえ、ちょっと…」委婉
　拒絕之外，也可以用４級文法中教過的請求表現「～な
　いでください」。

例：ここでたばこを吸ってもいいですか。

（可以在這裡抽菸嗎？）

➡ いいえ、ちょっと…。　　　　（不，不太好……）

➡ いいえ、ここで吸わないでください。

（不，請不要在這裡抽菸。）

（2）▶ Ｖてもかまわない。

テレビを見たい人は見てもかまいません。

想看電視的人可以看沒關係。

❶ 「Ｖてもいい」也可以說成「Ｖてもかまわない」，相當於中文的「～做沒關係」。

❷ 作敬體疑問句時，「Ｖてもかまいませんか」感覺上比「Ｖてもいいですか」的語氣來得客氣。

❸ 「かまわない」是「かまう（介意）」的否定形。注意對「Ｖてもかまいませんか」的否定回答，並不是「かまいます」。

例：鉛筆で書いてもかまいませんか。

（可以用鉛筆寫嗎？）

➡ はい、かまいません。　（是的，沒關係。）

許可

➡（✕）いいえ、かまいます。

➡（○）いいえ、ペンで書いてください。

（不，請用原子筆寫。）

もっと☀

「～てもいい/かまわない」除了表示許
可之外，也可以作「讓步」用法，意思是
「～也可以」或「不在乎～」，主要用於
表示說話者的個人想法，可前接各詞類的て形，不限
定動詞。

例：ひとりで帰ってもいいから、…。

（我可以一個人回去……）

ちょっと高くてもかまいません。

（稍微貴一點也沒關係。）

初心者_{しょしんしゃ}でもかまわない。

（沒經驗者也可以。）

註：參見〈逆接[ても]〉，p.139。

13 禁止

（1） ▶ Ｖてはいけない。

そんなことをしてはいけないよ。

不可以那樣喔。

❶ 動詞て形後面加上「は」，再加上「いけない」，構成「Ｖ
てはいけない」，是一個用來表示禁止、不允許的意思，
相當於中文的「不能～」「不許～」。

例：会社を休んではいけません。

（公司不准請假。）

酒を飲んではいけない。

（不可以喝酒。）

❷ 「Ｖてはいけない」隱含的範圍廣泛，不僅可用於表示
社會規範，還有指示以及鼓勵的用法。

例：お酒を飲んでは運転してはいけない。　----規範

（喝酒之後不可以開車。）

冷たいものを食べてはいけない。　----指示

（不可以吃冰冷食物。）

こんなことでへこたれてはいけない。　----鼓勵

（別因這種事氣餒。）

❸ 「Ｖてはいけない」的語氣強硬，不適合用於長輩或上級。平常也不會用「Ｖてはいけない」來回答請求許可的句型，除非是違反社會規範或對人下禁令時。

例：ここでたばこを吸_すってもいいですか。
　　（可以在這裡抽菸嗎？）

➥ いいえ、ここで吸ってはいけません。----禁菸區
　　（不行，不可以在此抽菸。）

➥ いいえ、ここで吸わないでください。----個人請求
　　（不，請不要在這裡抽菸。）

例：道路_{どうろ}で遊んでもいいですか。
　　（可以在馬路上玩嗎？）

➥ だめです。道路で遊んではいけません。----下禁令
　　（不行！不可以在馬路上玩耍。）

➥ だめです。危_{あぶ}ないですから。　----以理由代替重複
　　（不行，太危險了。）　　　　　　　　「Ｖてはいけない」

❹ 口語會話上，「ては」「では」通常被說成「ちゃ」「じゃ」。

例：そんなことをし<u>ちゃ</u>いけないよ。
　　会社を休ん<u>じゃ</u>いけません。

もっと ☀

除了「Ｖてはいけない」之外，禁止的表現還有許多類似的表現方式——

Ｖてはいけない：是說話者直接對聽話者說話的語氣，
　　　　　　　　表示「不准～」

Ｖてはならない：所不准的行為通常是社會公認禁止的
　　　　　　　　理所當然的道理

Ｖてはだめだ　：是口語上的表現方式

Ｖては困る　　：也是口語的用法，但語氣稍微消極，
　　　　　　　　表示對方如果那樣做，會令說話者很
　　　　　　　　困擾，可譯為「可別～」

（2） ▶ Vるな。

あの部屋（へや）に入るな。

不要進去那個房間。

1. 動詞辭書形後面直接加上「な」，也可以表示禁止，但語氣比「Vてはいけない」粗野，主要是男性用於晚輩或熟人之間。

例： 泣（な）くな。 　　　（別哭！）

　　 まだ帰るな。 　　（你還不能回家！）

　　 諦（あきら）めるな。 　　（別放棄！）

　　 勝手（かって）に俺（おれ）のものを使（つか）うな。

　　（不要隨便用我的東西！）

　　註：「俺（おれ）」主要為男性用於同輩以下的自稱，為粗俗用法。

2. 「Vるな」有時亦用於禁止標語。

例： 芝生（しばふ）に入（はい）るな。 （禁止踐踏草皮。）

不必要

(1)

▶ Vなくてもいい。

▶ Vなくてもかまわない。

この部屋は掃除をしなくてもいいです。

這個房間不打掃也沒關係。

1. 動詞ない形去「い」加「く」，再加上「てもいい」或「ても かまわない」，構成「Vなくてもいい」或「Vなくてもか まわない」時，可用來表示沒有必要做某件事，相當於 中文的「可以不～」「沒有必要～」。

例：**彼女は話さなくてもかまいません。**

（她不說也沒關係。）

そんなに無理しなくてもいい。

（用不著那麼勉強。）

2. 此句型適合用於詢問某件事是否不必做。如果答案是 肯定，直接重覆問句述語即可；若答案為否定，則可改 用請求句型「Vてください」下達指令。

例：**明日来なくてもいいですよね。**

（明天不用來，對吧？）

➡ **はい、来なくてもいい。** （對，不用來。）

➡ **いいえ、来てください。** （不對，請來。）

❸ 「Vなくてもいい」除了表示沒有做某事的必要之外，
有時亦解釋作允許不做某事。例——

　A：私はにんじんが嫌いです。
　　　（我討厭吃胡蘿蔔。）

　B：じゃ、食べなくてもいいですよ。
　　　（那麼，你可以不要吃喔。）

もっと☀

要表達「沒有必要～」時，也可直接用「～必要はない」
表示。

　例：入場料を払わなくてもいい。
　　　（不付入場費也可以。）
　　　入場料を払う必要はない。
　　　（不用付入場費。）

15 義務、必要

（1）　▶ Ｖなければならない。

家賃はいつまでに払わなければなりませんか。
房租必須在什麼時候之前繳交呢？

❶ 動詞ない形去「い」再加上「ければならない」，構成「Ｖなければならない」時，是一種表示義務的用法，不管行為者的意志為何，義務上都必須執行。相當於中文的「必須～」「不～不行」。

例：明日までに宿題を出さなければならない。
（明天之前必須交出作業。）
風邪ですから、家にいなければなりません。
（因為感冒，必須待在家裡。）

❷ 此句形雖是否定結尾，但卻是經過雙重否定變成肯定、「負負得正」的表現，所以並無否定的意思。

❸ 日常會話中，「Ｖなければ～」常被簡略成「Ｖなきゃ～」或者「Ｖなけりゃ～」。句尾的「ならない」亦可直接省略。

例：宿題を出さなければ（ならない）。
宿題を出さなきゃ（ならない）。
宿題を出さなけりゃ（ならない）。

❹ 詢問某件事是否不做不行時，便可用到此句型。如果答案是肯定，直接重覆問句述語即可；若答案為否定，則可改用表示不必要的句型「Ｖなくてもいい」「Ｖなくてもかまわない」作說明。

例： 明日も早く起きなければなりません。

（明天也必須早起嗎？）

➡ はい、明日も早く起き<u>なければなりません</u>。

（是的，明天也必須早起。）

➡ いいえ、明日は早く起き<u>なくてもいい</u>です。

（不，明天用不著早起。）

❺ 類似的用法亦可作「Ｖなければいけない」和「Ｖなければだめだ」「Ｖなければ困る」。註：口語表現中，此時句尾的「いけない」「だめだ」「困る」等也常被省略。

例：明日までに宿題を出さ<u>なければいけない</u>。

明日までに宿題を出さ<u>なければだめだ</u>。

明日も早く起き<u>なければ困ります</u>。

（2） ▶ Ｖなくてはいけない。

宿題^{しゅくだい}は必^{かなら}ずしなくてはいけませんよ。

不可以不做功課唷。

① 動詞ない形去「い」加「く」，再加上「てはいけない」，構成「Ｖなくてはいけない」時，用法同「Ｖなければならない」，也是表示義務或必須。

例：風邪^{かぜ}の時^{とき}はゆっくり休^{やす}まなくてはいけない。

（感冒的時候要好好休息。）

② 和「Ｖなければならない」一樣，用「Ｖなくてはいけない」詢問某件事是否不做不行時，如果答案是肯定，直接重覆問句述語；若答案為否定，則改用表示不必要的句型「Ｖなくてもいい」「Ｖなくてもかまわない」作說明。

例：言^いわなくてはいけませんか。

（不說不行嗎？）

➡ はい、言わなくてはいけません。

（是的，不說不行。）

➡ いいえ、言わなくてもいい。

（不，你也可以不說。）

③ 日常會話中，「Ｖなくては～」常簡略成「Ｖなくちゃ～」句尾的「いけない」亦可直接省略。

例：ゆっくり休まなくては(いけない)。
　　ゆっくり休まなくちゃ(いけない)。

❹ 類似的用法亦可作「Ｖなくてはならない」和「Ｖなくて
はだめだ」「Ｖなくては困る」。註：口語表現中，此時句尾
的「ならない」「だめだ」「困る」等也常被省略。

例：また遅刻した！もっと早く起きなくちゃ(だめだ)。
　（又遲到了！你應該要早點起來嘛！）

16 勸告

（1）
▶ Ｖたほうがいい。

お医者さんに見てもらったほうがいい。

去給醫生看看比較好唷！

❶ 「〜ほうがいい」的意思是兩相比較下，說話者認為某一方比較好的建議、勸告用法。雖然只提示一項動作，其實是與否定句對照，表示做比不做好。

例：少し休んだほうがいいですよ。

（最好稍微休息一下。）

❷ 大致上來說，提供別人具體或個別的建議時，都是採用「Ｖたほうがいい」，偶爾也可見到「Ｖるほうがいい」，但多半是用於敘述一般性的理論、常理。

例：薬を飲んだほうがいいですよ。

（最好要吃藥喔！） -----對已經感冒的人說

風邪を引いたときは、薬を飲むほうがいい。

（感冒時最好要吃藥。） ----通論

❸ 「Ｖたほうがいい」亦可用於委婉回應詢問必須與否的「Ｖなければならない」或「Ｖなくてはいけない」的句型。

例——

A: 予習^{よしゅう}しなければなりませんか。

（必須預習嗎？）

B: ええ、したほうがいい。

（嗯，預習會比較好。）

❹ 回應他人給的建議時，不管接不接受，都可先用「そう
ですね」表示「了解了」，接著再看是作積極答覆「そう
しましょう」，還是用「でも…」「それはちょっと…」等遲
疑的表現加以拒絕。

例：お医者さんに見てもらったほうがいいですよ。

（去給醫生看看比較好唷！）

➡ そうですね。そうしましょう。（是喔。就這麼辦。）

➡ そうですね。でも…。（是喔。可是……）

　　註：注意此時「そうですね」句尾的聲調須下降，若是
　　　　提高，會變成表示積極同意對方說法的含義，相
　　　　當於中文「你說得沒錯！」。

（2）　▶　Ｖないほうがいい。

ダイエットをしないほうがいい。

最好不要減肥節食。

1. 如果是建議別人最好不要做某件事，則是用「Ｖないほうがいい」，不用た形。

例：（×）寝る前に食事を<u>しなかった</u>ほうがいい。

（〇）寝る前に食事を<u>し</u>ないほうがいい。

（睡覺前最好不要吃東西！）

 **17** 命令

■ 動詞の命令形

ここへ来い。

過來這裡！

❶ 動詞的「命令形」使用於強行要對方做某個動作時，語氣嚴厲、不客氣，使用時要注意場合和對象。一般是家長對小孩、或上司對下屬說話時使用。

❷ 使用動詞命令形的句中，一般不會出現主語，因爲這是直接命令對方的一種表達方法，主語就是「あなた」。

例：早く起きろ。　　　（快點起床！）

出て行け。　　　（出去！）

❸ 動詞命令形的變化規則，依動詞種類而有差異。

ア.第一類動詞：語尾ウ段音改成エ段音

言う	行く	読む	頑張る
↓	↓	↓	↓
言え	行け	読め	頑張れ

イ.第二類動詞：語尾「る」去掉，直接加「ろ」

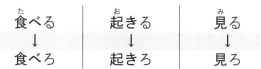

食べる	起きる	見る
↓	↓	↓
食べろ	起きろ	見ろ

ウ.第三類動詞：不規則變化

くる（来る）	する	勉強する
↓	↓	↓
こい（来い）	しろ	勉強しろ
	せよ	勉強せよ

（2）

▶ Ｖ^{ます}なさい。

食後（しょくご）にこの薬（くすり）を飲（の）みなさい。

飯後要吃藥！

❶ 「Ｖなさい」也是一種命令的表達方式，不過語氣比命令形委婉些。構成方式是將動詞ます形去掉「ます」再加「なさい」。

例：ちゃんと勉強しなさい。 （好好唸書！）

早く寝なさい。 （早點睡覺！）

静かにしなさい。 （安靜！）

❷ 委婉的命令句「Ｖなさい」相較於請求句「Ｖてください」，語氣上仍然直接許多，通常只出現在指示、說明文中，或者母親對小孩、師長對學生的指示、命令。

例：よく聞きなさい。 （仔細聽好！）----命令

よく聞いてください。 （請仔細聽。）----請求

プチテスト （小測験）

(1) あしたは　あまり　いそがしくないから　来_____

　　　_____　いい。

(2) 学校^{がっこう}へは　かならず　_____　いけません。

(3) A「写真^{しゃしん}を　とっても　いいですか。」

　　B「ここでは　_____　いけません。」

(4) A「その　ホテルは　予約^{よやく}し_____。」

　　B「ええ、した　ほうが　いいでしょう。」

(5) ごみを　ここに　捨^すてては　_____。

(6) この　服^{ふく}は　もう　古^{ふる}いですから、　よごれても

　　_____。

(7) ねつが　あるから　早^{はや}く　寝^ね____　方^{ほう}が　いい。

正解：

(1) た ほう　　　　　　　　　　(2) 行かなくては

(3) とっては　　　　　　　　　(4) なければなりませんか

(5) いけません/いけない　　　(6) かまいません

(7) た

18 經驗

（1）　▶ **Ｖたことがある。**

わたしは日本へ行ったことがあります。

我曾經去過日本。

---

❶. 這是表示經驗的句型，意思是曾經有過某種經歷，或曾經做過某件事，「ことがある」前面的動詞是た形。當說話者站在現在的時點，敘述<u>以前曾經做過的事</u>時，可用此句型。

　　例：**林さんは富士山を見た**ことがあります。

　　　　（林小姐看過富士山。）

　　　　私はディズニーランドへ行ったことがあります。

　　　　（我曾經去過迪士尼樂園。）

❷. 注意，此句型是表示<u>到目前為止</u>的經歷，句尾的「ある」必須作非過去式，不是過去式。

　　例：（×）ディズニーランドへ行ったことが<u>**ありました**</u>。

❸. 「Ｖたことがある」表示有過某項經驗，反義詞時則是將「ある」改成「ない」。

　　例：**わたしは富士山を見た**ことがありません。

　　　　（我沒看過富士山。）

---

❹ 針對「Ｖたことがありますか」的問句，可以回答「はい、
Ｖたことがあります」或「いいえ、Ｖたことがありませ
ん」，也可以簡單回答「はい、あります」或「いいえ、あり
ません」等。

例：**社長<ruby>しゃちょう</ruby>に会<ruby>あ</ruby>ったことがありますか。**
　　（你見過社長嗎？）

➡ **はい、（会ったことが）あります。**
　　（是的，見過。）

➡ **いいえ、（会ったことが）ありません。**
　　（不，沒見過。）

例：**鈴木<ruby>すずき</ruby>さん、台湾<ruby>たいわん</ruby>へ行ったことがありますか。**
　　（鈴木小姐，你去過台灣嗎？）

➡ **はい、２、３回<ruby>かい</ruby>あります。**
　　（有，去過二、三次。）

➡ **いいえ、一度<ruby>いちど</ruby>もありません。**
　　（沒有，一次也沒有。）

「Ｖたことがある」是指「有過～經驗」，一般用於敘述較
特別的事情，若只是單純表示過去做了某動作，只要用「Ｖ
た」即可。例——
　A：陳さん、日本へ行ったことがありますか。
　　　（陳小姐去過日本嗎？）
　B：はい、一度あります。　　　（有，去過一次。）
　A：いつ行きましたか。　　　（什麼時候去的？）
　B：去年の夏休みに、家族と行きました。
　　　（去年暑假和家人一起去的。）

19 可能性

(1) ▶ Vることがある。

外で晩ご飯を食べることがあります。

有時會在外面吃晚飯。

❶ 這是表示有可能性的句型，相當於中文的「有時會～」、「也會有～情形」；「ことがある」前面的動詞是辭書形。使用於當說話者要敘述某事<u>不常但偶爾會發生</u>時。

例：学校は台風で<u>休む</u>ことがあります。

（學校有時會因颱風而停課。）

私はときどき携帯電話を<u>失くす</u>ことがあります。

（我有時會掉手機。）

❷ 如果要表示「偶爾不做～」或「偶爾不會～」，則要將「Vることがある」中的「Vる」改成「Vない」。

例：冬は寒くて偶に風呂に<u>入ら</u>ないことがあります。

（冬天因為冷，偶爾會不洗澡。）

❸ 「Vることがある」也可以改成類似用法「Vる場合がある」和「Vる時がある」表示。

例：学校は台風で休む<u>場合があります</u>。

冬は寒くて偶に風呂に入らない<u>時があります</u>。

❹ 「～ことがある」有許多應用句型，使用時須留意分辨前接動詞た形與辭書形時的差別，以及注意各自的否定形式。

Ｖた<u>ことがある</u>　：　表示有某項經驗，曾經做過

Ｖた<u>ことがない</u>　：　表示不曾經歷過某事，沒做過

Ｖる<u>ことがある</u>　：　表示偶爾也會發生某事，有時會～

（×）Ｖることがない

Ｖない<u>ことがある</u>　：　表示平常都有做的事，但偶爾也會不做

20 能力

(1)

> Vることができる。

わたしは日本語を話すことができます。

我會說日語。

❶ 這是表示有能力、情形許可的句型，相當於中文的「會
～」「能夠～」，「ことができる」前面的動詞是辭書形。
「できる」是第二類動詞，所以ます形為「できます」。

❷ 「Vることができる」有兩種用法。

　ア.表示能力
　　例：林さんは日本語で手紙を書くことができます。
　　　（林先生會用日文寫信。）

　イ.表示外在環境許可
　　例：夏は海で泳ぐことができます。
　　　（夏天可以在海邊游泳。）

❸ 「Vたことができる」表示能夠做某事，反義詞則是將
「できる」改成「できない」，表示「不能～」。

　例：わたしは朝5時に起きることができません。
　　　（我早上5點起不來。）
　　　お金がないから日本に留学することができない。
　　　（因為沒有錢，無法到日本留學。）

(1-2) ▶ Nができる。

わたしは日本語[に ほん ご]ができます。

我會說日語。

❶「できる」前面也可以直接接名詞，作「Nができる」，
助詞「が」在此表示能力的對象，或外在環境許可的標
的。

❷「Nができる」的用法同「Vることができる」。

ア.表示能力
例：田中さんは中国語[ちゅうごくご]ができます。
（田中先生會中文。）
橋本さんは水泳[すいえい]ができません。
（橋本小姐不會游泳。）

イ.表示外在環境許可
例：雪[ゆき]が降[ふ]りましたから、スキーができます。
（下雪了，所以可以滑雪。）
携帯[けいたい]を忘[わす]れたから、電話[でんわ]ができません。
（因為忘了帶手機，無法打電話。）

21 動詞［可能形］

（1）
> ■ 動詞可能形の活用
>
> 買える、行ける、食べられる、来られる、できる

❶ 日語中用來表達「能力、可能」的表現，除了之前學過的「Nができる」和「Vることができる」之外，更可以直接將動詞改成可能形。

❷ 什麼是動詞的可能形呢？意思是動詞在形態上做某種改變，使其表示「能做～事」的意義。

❸ 第一類動詞的可能形稱為「可能動詞」。變化方式為：語尾ウ段音改成エ段音，然後加「る」。

買う	行く	話す	読む
↓	↓	↓	↓
買える	行ける	話せる	読める

❹ 第二類動詞：語尾「る」去掉，直接加「られる」。

食べる	教える	起きる
↓	↓	↓
食べられる	教えられる	起きられる

⑤ 第三類動詞：不規則變化

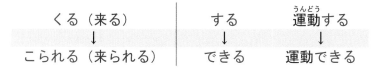

くる（来る）	する	うんどう 運動する
↓	↓	↓
こられる（来られる）	できる	運動できる

⑥ 各類動詞變化後的可能形，都會變成第二類動詞。

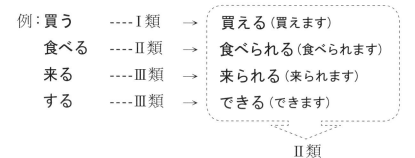

例：買う　----Ⅰ類　→　買える（買えます）
　　食べる　----Ⅱ類　→　食べられる（食べられます）
　　来る　----Ⅲ類　→　来られる（来られます）
　　する　----Ⅲ類　→　できる（できます）

　　　　　　　　　　　　　　　　　　Ⅱ類

⑦ 他動詞改成可能形後，會變成「自動詞」，所以原來的受詞後面所接的助詞「を」須改成「が」。

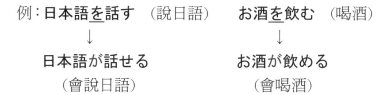

例：日本語を話す　（說日語）　　お酒を飲む　（喝酒）
　　　↓　　　　　　　　　　　　　↓
　　日本語が話せる　　　　　　　お酒が飲める
　　（會說日語）　　　　　　　　（會喝酒）

(2)

> ～がV(ら)れる。

わたしは日本語が話せる。

我會說日語。

❶ 「Vることができる」「Nができる」中的動詞「できる」，其實就是第三類動詞「する」的可能形。相同句型也可以套用其他動詞的可能形。

例：{日本の番組を見る}　（看日本的電視節目）

　→ 台湾で{日本の番組を見る}ことができます。

　→ 台湾で{日本の番組}が見られる。
　　（在臺灣可以看到日本的電視節目。）

例：{車を運転する}　（開車）

　→ わたしは{車を運転する}ことができます。

　→ わたしは{車の運転}ができます。

　→ わたしは{車}が運転できます。
　　（我會開車。）

❷ 動詞可能形除了表示人的能力或事物的可能性之外，亦可用於表示物品的本質或性能等。

例：この水が飲める。　（這個水可以喝。）

　　この背広は水で洗えない。（這件西裝不可以用水洗。）

　　この木の実はまだ食べられない。

　　（這顆樹的果實還不能吃。）

(2-1)　■ 見える・聞こえる　［自発動詞］

この窓（まど）から山（やま）が見（み）える。

從這扇窗可以看到山。

❶ 「見える」和「聞こえる」是兩個特殊動詞，分別表示自然而然就看得見、聽得到的能力，在日語語法中稱此為「自發」含義。

❷ 所謂「自發」，意指動作或行為不是經由人的積極意志促成，而是自然或自動實現的現象或作用。

❸ 特別注意「見える」和「聞こえる」是獨立的自發動詞，並不是由「見る」和「聞く」變化而來。「見る」和「聞く」的可能形是「見られる」和「聞ける」。

❹ 動詞的自發和可能形代表的是不同含義，關於這一點，將「見る」「聞く」的可能形「見られる」「聞ける」拿來和「見える」「聞こえる」作比較最為清楚。

ア.「見える」和「聞こえる」指的是不須特意作任何努力，「張開眼就看得到」「聲音自然傳入耳朵」的物理現象。

例：まっ暗（くら）で何（なに）も見（み）えない。
（黑漆漆的什麼都看不到。）

わたしの声（こえ）が聞（き）こえますか。
（聽得到我的聲音嗎？）

ㄅ.「見られる」和「聞ける」指的是外在環境許可人們有
　意識去看、去聽，「可以～」的人文現象。

例：今晩テレビで野球の試合が見られる。

（今晩在電視上可以看到棒球賽。）

ラジオでニュースが聞ける。

（用收音機可以聽新聞。）

- 96 -

22 句子名詞化

---

(1) ▶ 趣味は・・・ことだ。

私の趣味は音楽を聞くことです。

我的興趣是聽音樂。

---

❶ 日語表達自己的興趣、嗜好時，可以用「ＡはＢです」的句型，其中述語不一定要是名詞，也可以用動詞的形態來表現，此時只須在最後加上「こと」。

例：私の趣味は水泳です。　　　（我的興趣是游泳。）

→ 私の趣味は泳ぐことです。　　（我的興趣是游泳。）

❷ 「こと」在這裡的作用是將句子名詞化，爲形式名詞。「〜は・・・ことだ」的主語除了興趣、嗜好外，也可以是希望、計劃、目標等抽象事物。

例：夢は世界一周旅行をすることです。
（我的夢想是環遊世界。）

❸ 要注意由於中文的句子可以直接當名詞用，不必作形態上的變化，學習者不要受到影響而出現以下錯誤。

例：（×）私の趣味は野球を見ます。

（×）私の夢は世界一周旅行をします。

(2)

■ ···の

子供（こども）は塾（じゅく）へ行（い）くのが嫌（いや）です。

小孩討厭上補習班。

❶ 在4級文法中曾經學過好惡、能力的句型是「〜はNが好き/嫌い/上手/下手です」，但如果「好惡、能力」的對象是動作時又該如何呢？答案是直接在動詞之後加上「の」。

例：田中さんは中国語（ちゅうごくご）を話（はな）すのが上手（じょうず）です。

（田中先生中文說得很好。）

❷ 「の」在此也是作名詞化的作用，亦即將動詞句概括成一項名詞。這種用法同樣適用於其他句型，像是話題或是動作的受詞等。

例：わたしはテレビを見（み）るのが好（す）きです。----好惡對象

（我喜歡看電視。）

日本語を勉強（べんきょう）するのは面白（おもしろ）いです。 ----話題

（學日語很有趣。）

約束（やくそく）があったのを忘（わす）れました。 ----受詞

（忘了跟人有約了。）

もっと☀

「の」也可以作代名詞使用，表示具體的人事物。

例： 大_{おお}きいのをください。----指物，代替「物」
（請給我大的。）
本当_{ほんとう}に 悪_{わる}いのはあの人です。----指人，代替「人」
（真正不對的人是他！）
きのう見たのはフランス映画です。----指物，代替
（昨天看的是法國電影。）　　　　　　　　「映画」

（3）

■ ・・・こと

私_{わたし}がここにいることを 誰_{だれ}から 聞_ききましたか。

你聽誰說我在這裡的？

❶ 之前我們提到興趣、嗜好的慣用表現時介紹的「こと」也具有跟「の」一樣將句子名詞化的用法。

例：きのう学校で火事_{かじ}があったことを知_しっていますか。
（你知道昨天學校發生火災嗎？）

❷ 「こと」可以寫成漢字「事」，原意是「事、事情」。作形式名詞使用時則意思虛化，不寫漢字而用平假名表示。意思虛化後的「こと」在用法上大都可以和「の」互換。

例：わたしはテレビを見ることが好きです。

→ わたしはテレビを見るのが好きです。
（我喜歡看電視。）

- 99 -

❸ 但「の」和「こと」亦有不相容之處。

ア.表動作、視覺或知覺上的具體事物時用「の」。

例：木村さんがピアノを弾くのを聞いた。

（聽木村小姐彈鋼琴。）

弟が車を運転するのを見た。

（看到弟弟開車。）

冷たい風が吹くのを感じた。

（感覺一股冷風吹過。）

イ.有關語言上的敘述內容時用「こと」

例：授業に出られないことを先生に伝えてください。

（請告訴老師我無法去上課。）

請求書にサインしてもらうことを指示する。

（指示在請款單上簽名。）

ウ.作句子的述語，說明抽象的主語內容時用「こと」

例：私の趣味は本を読むことです。

（我的興趣是看書。）

エ.作固定用法，如表示經驗、可能性、能力等慣用句型時用「こと」。

例：私は歌舞伎を見たことがある。

（我曾經看過歌舞伎。）

一人で映画を見に行くことがある。

（有時會一個人去看電影。）

私は車を運転することができる。

（我會開車。）

（3）

■ ・・・ということ

夫が無事だということを知って安心した。

知道丈夫平安的消息就安心了。

1. 當句子為表示「意見、傳聞、想法、訴求、命令」等表達思考、說話的內容時，日語習慣上會用「ということ」代替「こと」。

例：あなたが元気になったということを聞いて安心した。

（聽到你恢復健康的消息，我就放心了。）

2. 「という」是由「と言う」轉變而來，原意是表引述、傳聞等，在此則是串連形式名詞「こと」與其內容說明。

例：先生が日本に帰るということを知っていますか。

（你知道老師要回日本的事嗎？）

もっと☀

「という」除了與形式名詞「こと」併用之外，也可以用於串連事件、經驗、性格等抽象名詞與其內容——

例：海外で中国語を教える(という)仕事に応募した。

（應徵了一份在海外教中文的工作。）

ダンプカーが人をひき殺した(という)事故があった。

（發生大卡車碾死人的交通事故。）

(4) ▶ 疑問詞・・・か、Ｖ。

きのうここへ誰（だれ）が来（き）たか、わかりますか。

昨天來的人是誰你知道嗎？

❶ 當句子後面接動詞，作受詞使用時，必須先將句子名詞化，但如果是該句子為疑問句時，直接接動詞，而且省略句子與動詞中間的助詞，書寫時可以用「、」區隔。

例：声（こえ）だけで誰（だれ）だか、わかりますか。

（光憑聲音，你認得出來是誰嗎？）

どこへ行（い）くか、決（き）めましたか。

（決定好要去哪裡了嗎？）

❷ 這個句型的接續方式主要是在常體後面加上疑問助詞「か」，但是名詞句與ナ形容詞句時，習慣上會省去句尾的「だ」，或是作「…なのか」。

例：台北はどんな町（まち）か知っていますか。　----名詞句

（你知道台北是個什麼樣的城市？）

なぜこの店（みせ）が有名（ゆうめい）なのかわかりません。----ナ形容
詞句

（不懂為什麼這家店會有名？）

誰があそこにいるかわかりません。　----動詞句

（不知道誰在那裡？）

どれが一番おいしいか教えてください。----イ形容
詞句

（請告訴我哪一個最好吃？）

(4-1)

□ ・・・かどうか、V 。

せんせい き こく し
先生が帰国したかどうか知っていますか。

你知道老師是否回國了嗎？

❶ 如果動詞前的疑問句不包含疑問詞時，句尾「か」之後必須先加上「どうか」再接動詞。「…かどうか」表示的是「是否、是不是」的不確定含義。

例：**あした天気がよくなるかどうかわからない。**

（不知道明天的天氣會不會變好。）

ま ちが し ら
間違いがないかどうか、調べてください。

（請查一下有沒有錯誤。）

> 註：之所以不是「間違いがあるかどうか」，
> 是因為說話者期待的不是「有錯」，而
> 是「沒有錯誤」。

23 決定

(1) ▶ Nにする。

私はカレーライスにします。

我要咖哩飯。

1. 「Nにする」可以用來表示主語本身選擇了某一事物，這個句型多用在點菜或選擇物品時。助詞「に」表示決定的結果，「する」表示主語的行為。

例：飲み物は何にしましょうか。

（你要喝什麼飲料？）

時日は来週の土曜日にしました。

（日期定於下個星期六。）

サイズはLにしますか、Mにしますか。

（尺寸要L還是M呢？）

2. 「～はNにする」的句型，在口語中經常簡略成「～はNだ」。例如標題句「私はカレーライスにします」就可以簡略說成「私はカレーライスです」。

（2） **▶ Vることにする。**

私は毎日ジョギングをすることにした。
わたし まいにち

我決定每天慢跑。

❶ 除了選擇事物，主語做決定的內容也有可能是動作與行爲。將「〜にする」接在「動詞＋こと」之後（「こと」是負責將句子名詞化的形式名詞），可以表示主語本身的決心，決定去做某件事，相當於中文的「決定〜」。

例：**来年 留学することにした。**
らいねん りゅうがく

（我決定明年去留學。）

❷「Vることにする」主要用於說話當場做出決定，因此通常是作過去式「Vることにした」，表示已做了某項決定。至於「Vることにしている」則是表示之前所下的決心，現在仍持之以恆地執行著，成爲習慣。

例：**バスに乗っている時はイヤホンで日本語を聞くことにしている。**
とき

（我每次搭公車時，都會用耳機聽日語。）

❸ 決心不做某事時的句型是「Vないことにする」。

例：**これからタバコを吸わないことにした。**
す

（決定從今以後不再抽菸。）

(3)

▶ Vることになる。

らいねん さくぶん しけん
来年から作文は試験しないことになりました。

決定從明年開始不考作文。

❶ 「なる」表示非人爲、自然而然的變化，對照於「Vることにする」是說話者主動、積極地做某項決定，「Vることになる」則是表示外在因素自然產生的決定、結果。

例：**会議は9時から始めることになりました。**
（會議預定從9點開始。）

❷ 因外在因素而產生的決定若已持續一段時間，這時是作「Vることになっている」，通常是指常規或習俗；用於個人時則是指已預定好的計畫。

例：**この学校では2か月に一度試験をすることになっている。**
（這所學校規定每二個月舉行一次考試。）

日本では家の中では靴をはかないことになっている。
（在日本，家裡是不穿鞋子的。）

来月、アメリカに出発することになっています。
（我預定下個月出發去美國。）

もっと☀ 日本人一般不喜歡直接、赤裸地表達私人欲望，所以有時明明是說話者自己的決定，也會以「～ことになる」的方式表現，例如喜帖上常見的「このたび私たちは結婚することになりました(這次我們預定結婚)」就是一例。

- 106 -

24 意志

(1) ▶ V(よ)うと思う。

私は明日国へ帰ろうと思います。

我想要明天回國。

❶ 還記得4級文法中介紹過表「勸誘」的「Vましょうか」
嗎？其中的「Vましょう」表勸誘他人一起做某事，但其
常體「V(よ)う」則有兩種意思。

ア.用於對熟識的平輩或晚輩等的勸誘

例：一緒に帰ろうか。　　（一起回家吧。）
　　----對晚輩或熟識的平輩的勸誘

　　一緒に帰りましょうか。　（一起回家吧。）
　　----對長輩或不熟識的平輩的勸誘

イ.用於自言自語時，表示個人私下一時的決心
例：今夜は早く寝よう。　　（今晚要早點睡。）

❷ 會話中欲對聽者表達自己的意志時，須在「V(よ)う」後
面加上「と思う」，相當於中文的「打算～」「要～」。
例：夏休み海に行こうと思います。
（暑假我想要去海邊。）

❸「V（よ）う」在日語動詞活用中稱爲<u>意向形</u>，各類型動詞的變化規則如下——

　　ァ.第一類動詞：語尾ウ段音改成オ段音，再加「う」

言う	行く	読む	頑張る
↓	↓	↓	↓
言おう	行こう	読もう	頑張ろう

　　ィ.第二類動詞：語尾「る」去掉，直接加「よう」

食べる	起きる	見る
↓	↓	↓
食べよう	起きよう	見よう

　　ゥ.第三類動詞：不規則變化

くる（来る）	する	勉強する
↓	↓	↓
こよう（来よう）	しよう	勉強しよう

❹「…と思う」表示說話者本人當時的想法，主語限定第一人稱，但若其意志爲確定的、已持續一段時間時，通常會作「…と思っている」。

註：第一人稱以外的用法，請參見〈第三人稱〉p.133。

例：いつも海外へ行こうと思っています。

　　（我一直想要到國外去。）

（2）　▶ Ｖるつもりだ。

将来建築会社に勤めるつもりです。
しょうらいけんちくがいしゃ　　　　つと

我打算將來在建築公司上班。

❶ 「～つもりだ」是指「(我)計畫～」「(我)打算～」的意思，語意比「～たい」來得強。「つもり」為名詞，意指「企圖、打算」。

例：私は弁護士になりたい。　　　----願望表現
　　べんごし
　　（我想成為律師。）

　　私は弁護士になるつもりだ。　----強烈意志
　　（我立志要成為律師。）

❷ 「～つもりだ」在意義上與「Ｖ(よ)うと思う」沒有太大差別，但是要表示肯定的意願或堅定的決心時，一般多用「～つもりだ」。理由是「～つもりだ」較不屬於臨時起意，而是接近「Ｖ(よ)うと思っている」的用法。

　例：今年の夏休み、友達と日本へ旅行に行くつもりです。
　　　　　　　　　　　　　　　りょこう
　　　今年の夏休み、友達と日本へ旅行に行こうと思っている。
　　　（我一直打算今年暑假和朋友去日本旅行。）

❸ 「～つもりだ」前面接續動詞辭書形，表示確切的意圖；否定時則作「Ｖないつもりだ」，表示「打算不～」。
　註：注意此時不是作「～つもりではない」。
　例：明日出かけないつもりだ。　　（打算明天不出門。）
　　　　　で

- 109 -

もっと☀

「～つもりだ」只能表示個人的決心、計畫，若是眾人商討後所決定的公開計畫，必須作「～予定だ」。

例：来週の土曜日、クラス全員^{ぜんいん}でピクニックに行く予定だ。

(預定下星期六全班去郊遊。)

（2-1） ▶ Vるつもりはない。

謝^{あやま}るつもりはない。

我不打算道歉。

❶ 「～つもりはない」的意思是「沒有做～的打算」，比「～つもりだ」的否定「～ないつもりだ」語氣略微來得強烈，經常用於拒絕對方的勸告或建議時。

例——

A: 早く謝ったほうがいいよ。

（你還是快道歉好喔。）

B: いや、謝るつもりはない。

（不！我不打算道歉。）

（3）

▶ V(よ)うとする。

起きようとしたが、動けない。

想要起身，卻動不了。

❶ 意向形「V(よ)う」後面加上「とする」，意思是努力嘗試做某個動作，相當於中文的「試圖～」「努力～」，主語可以是任何人。

例：ワンちゃんは外に出ようとしている。
（小狗一直試著要出去。）

❷ 「V(よ)うとする」後面接句子時，經常用於表示某人嘗試著去做某件事，但是卻有不如人意的發展。

例：出かけようとしていた時に、電話がかかってきた。
（正要出門時，剛好來了電話。）

❸ 當動作者的意志、企圖不明顯，例如主語爲事物或單純描述眼前狀態時，此時的「V(よ)うとする」應解釋爲正要進行或即將發生。

例：日が暮れようとしています。
（天就要黑了。）
あのビルは倒れようとしています。
（那棟大樓就要倒了。）
桜木君が教室に入ろうとした時、ベルが鳴った。
（櫻木同學正要進教室時，鈴聲響了。）

❹ 注意不要將「Ｖ（よ）うとする」與「～てみる」的用法混爲一談。

例：**電話を掛^かけようとしている。**

（正試圖打電話。）

彼女に電話を掛けてみる。

（試著打電話給她。）

プチテスト （小測驗）

(1) しゅくだいが　あった＿＿を、わすれて　いた。

(2) 時間が　なかったから、　朝ごはんは、パンと
ぎゅうにゅう＿＿　しました。

(3) 来週から、仕事で　東京に　行く　こと＿＿　なり
ました。

(4) パーティーは　何時から　始まる＿＿　教えて　くだ
さい。

(5) こんな　ことは　今まで　けいけん＿＿＿　ことが
ありません。

(6) 今晩は　この　本を＿＿＿＿＿と　思って　います。

(7) 冬、だんぼうを　使わない　＿＿＿＿が　ときどき
あります。

(8) そんなこと、はずかしくて　言＿＿ません。

25 時點［ところ］

(1)

▶ ・・・ところだ。

いま、行くところです。

現在正要去。

① 「ところ」原本意指「地方、場所」，前接動詞時，亦有表「動作正處於…階段」的引申意。至於該動作是處於哪個階段，則須依該動詞的時態來決定。

ア.「辭書形＋ところだ」表示正處於動作即將開始的階段

例：これから部屋を片付けるところです。

（正要收拾房間。）

イ.「た形＋ところだ」表示正處於動作剛結束的階段

例：たったいまうちへ帰ったところです。

（剛回到家。）

ウ.「ている形＋ところだ」表示正處於動作進行中的階段

例：父はいま風呂に入っているところです。

（父親現在正在洗澡。）

② 此句型爲意志動作目前進行階段的強調用法，若主語爲事物或是不可控制的非意志動作時，一般不如此使用。

例：（×）外は<u>雨が降っているところです</u>。
　　（○）外は雨が降っています。
　　　　（外頭正在下雨。）

　　（×）子供は寒さで<u>唇が震えているところです</u>。
　　（○）子供は寒さで唇が震えています。
　　　　（小孩因為寒冷而嘴唇發抖。）

もっと☀

「Ｖたところだ」亦可換成「Ｖたばかりだ」，二者都是指動作「剛剛完了、結束」。但「Ｖたばかりだ」的使用範圍更廣，即使時間上隔了一陣子，但如果心理上認為該動作才剛結束時，也可以使用。

例：（○）わたしはいま、うちへ<u>帰ったところ</u>です。
　　（○）わたしはいま、うちへ<u>帰った</u>ばかりです。
　　　　（我現在剛回到家。）

　　（×）このあいだ彼と<u>会ったところだ</u>。
　　（○）このあいだ彼と<u>会った</u>ばかりだ。
　　　　（上次才剛和他見過面。）

26 状態

（1）
■ Ｖ ず（に）

あの人は傘をささずに歩いている。

那個人沒撐傘地走著。

1. 「Ｖず（に）」是「Ｖないで」的書面語，意思是在非〜的狀態下進行動作。接續方式也是作ない形，唯一的例外是第三類動詞「する」，須改成「（○）せず（に）」而不是「（×）しず（に）」。

ァ.第一類動詞

買う	行く	話す	読む
↓	↓	↓	↓
買わないで	行かないで	話さないで	読まないで
買わずに	行かずに	話さずに	読まずに

ィ.第二類動詞

食べる	教える	起きる
↓	↓	↓
食べないで	教えないで	起きないで
食べずに	教えずに	起きずに

ゥ.第三類動詞

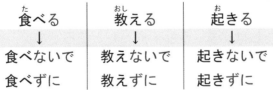

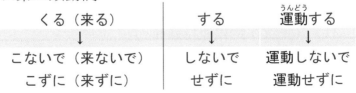

くる（来る）	する	運動する
↓	↓	↓
こないで（来ないで）	しないで	運動しないで
こずに（来ずに）	せずに	運動せずに

2. 「Ｖず（に）」除了表狀態外，與「Ｖないで」一樣可作表手段或方法的用法。

例：包丁を使わずに料理をした。 （作菜不用菜刀。）
＝包丁を使わないで料理をした。

（2）

■ Ｖた＋まま（で）

弟はめがねを掛けたまま寝ています。

弟弟帶著眼鏡在睡覺。

1. 「まま」為名詞，意思是「照原樣」，前面通常是動詞た形，表示某人在該狀態維持的不尋常情形下，進行後項動作。以標題句為例，睡覺時應該把眼鏡卸下，弟弟卻是戴著眼鏡在睡覺，使用「まま」即可把此不尋常狀態的含義表現出來。

2. 如果是以正常的狀態進行動作，則只須用「て」來表現。

例：（×）彼はパジャマを着たまま寝ています。

（○）彼はパジャマを着て寝ています。

（他穿著睡衣在睡覺。）

3. 要特別注意的是，「まま」前接的動詞只限於「開ける、閉める、消す」等著重在做了某動作後會產生變化（動

作主體或動作的對象會產生變化）的動詞註：此類動詞稱為「變化動詞」或「瞬間動詞」。至於像「歌う、歩く、飲む」等著重於動作者的動作，且動作時間通常都可持續很久的動詞註：此類動詞稱為「繼續動詞」，則不適合。

例：（×）彼は<u>歩いたまま</u>出かけました。

（○）彼はきのう<u>家を出たまま</u>、まだ帰って来ない。
（他從昨天出門，到現在還沒回家。）

❹ 「まま」也可以後接表示狀態的助詞「で」，作「ままで」，意思不變。

例：彼はパジャマを<u>着たままで</u>出かけました。
（他穿著睡衣出門了。）

❺ 「まま」除了與た形搭配，也可前接ない形表示沒有做～的狀態。「Vないまま」和「Vず(に)」，前者是維持應做但未做的狀態，後者則只是單純敘述沒做某個動作的狀態。

例：あの人は傘を差<ruby>さ<rt></rt></ruby>ないまま、雨の中に佇<ruby>たたず<rt></rt></ruby>んでいる。
----表示他在雨中應撐傘卻未撐傘的狀態

あの人は傘を差<u>さずに</u>、雨の中に佇んでいる。
----單純敘述他在雨中沒撐傘的狀態

27 推量［無根據］

(1)

▶ ···だろう。

明日は晴れるだろう。
あした　は

明天會放晴吧。

❶ 「だろう」是「でしょう」的常體，表示說話者的推測。相較於「です/だ」爲說話者的斷定語氣，「でしょう/だろう」則是用於說話者無法準確地給予判斷時，中文可譯爲「～吧」。
例：東京大学に入るのは難しいだ。　----斷定語氣
　　（要進入東大就讀很難。）
　　東京大学に入るのは難しいだろう。----推測語氣
　　（要進入東大就讀很難吧。）

❷ 接續時，「だろう」一般直接接在述語的常體之後，只有在遇到「名詞＋だ」及「ナ形容詞＋だ」時，必須先將「だ」去掉，再接「だろう」。
例：来週はもっと忙しくなるだろう。　----動詞接續
　　（下個星期會變得更忙吧。）
　　おそらくあの人が犯人だろう。　　----名詞接續
　　（恐怕那個人就是犯人吧。）

❸ 「…だろう」經常與「たぶん(大概)」、「おそらく(或許)」、「きっと(一定)」等副詞一起使用。

(1-1)  ・・・（だろう）と思う。

明日は晴れるだろうと思います。

我想明天會放晴吧。

❶ 會話中欲對聽者表達自己的猜測時，可以在「…だろう」後面加上「…と思う」。

❷「…と思う」的意思是「我認爲…」，爲說話者第一人稱的主觀看法，接續時前面接常體。註：第一人稱以外的用法，參見〈第三人稱〉p.133。

　例：**彼はきっと図書館にいると思う**。----動詞接續
　　　（我想他一定是在圖書館。）
　　　あれは絶対嘘だと思う。　　　----名詞接續
　　　（我認為那絕對是謊言。）

❸ 欲表示禮貌時，注意不要將「…だろうと思う」說成「…でしょうと思う」，正確說法是將句尾「思う」改成「思います」即可。

　例：**来週はもっと忙しくなるだろうと思います**。
　　　（我想下星期會更忙碌吧。）

（2） ▶ ・・・かもしれない。

彼<rt>かれ</rt>は来年<rt>らいねん</rt>日本<rt>にほん</rt>へ来<rt>く</rt>るかもしれません。

也許他明年會來日本。

❶ 「…かもしれない」相當於中文的「也許…」「可能…」
「或許…」「…也說不定」。雖然也表示說話者的推測，
但內容可能是對的，也可能是錯的，說話者無法確定
的程度相當大。

❷ 「…かもしれない」的接續方式同「…だろう」，一般直
接接在述語的常體之後，只有在遇到「名詞＋だ」及「ナ
形容詞＋だ」時，必須先去掉「だ」，再接「かもしれな
い」。
例：３０分以上<rt>いじょう</rt>はかかるかもしれない。----動詞接續
（可能要花上３０分鐘以上的時間。）
あの店<rt>みせ</rt>は休みかもしれない。 ----名詞接續
（那家店說不定休息。）

❸ 比較「…かもしれない」與「…だろう」，前者是指不確
定、不排除某種可能性，可用於任何人。後者則是表示
猜測、避免對事情下斷語，只適合用於他人，不能用於
自己。
例：（×）私は来週行けないだろう。
（〇）私は来週行けないかもしれない。
（我下個星期也許不能去。）

❹ 「…かもしれない」經常與「もしかしたら(說不定)」、「ひょっとすると(說不定)」等表示「萬一」的副詞一起使用。

例：もしかしたら６月に卒業_{そつぎょう}できないかもしれない。

（說不定６月無法畢業。）

❺ 「かもしれない」在日常會話中有時簡略爲「かも」。

例：来週遊びに行けないかも。

（下星期可能不能去玩了。）

28　傳聞

（1）

▶ （～によると）・・・そうだ。

天気予報によると明日は大雪になるそうです。

聽氣象報告說，明天會下大雪。

❶ 「そうだ」爲傳聞助動詞，表示從別人那裡聽到某事，相當於中文的「據說」「聽說」，前接從別人那裡聽來的訊息。

❷ 作傳聞用法的「そうだ」必須置於句尾，前面接續常體。另須注意「そうだ」本身並沒有時態上的變化。

　　例：あの店は<u>安くておいしい</u>そうです。
　　　　（聽說那家店又便宜又好吃。）
　　　　雨が<u>降る</u>そうです。　　　　（聽說會下雨。）
　　（×）雨が降る<u>そうでした</u>。

❸ 表示傳聞的來源出處可以用「～によると」、「～では」「～から聞いた」等。
　　例：<u>うわさでは</u>地震が起こるそうです。
　　　　（聽傳言說將會有地震。）
　　　　<u>花子から聞いたんですが</u>、Ｙ子に子供ができたそうです。
　　　　（聽花子說，Ｙ子懷孕了。）
　　　　註：「…んです」為表說明的用法，參見P.166。

29 推量[有根據]

（1）
> ・・・はずだ。

その本はあの机の中にあるはずだ。
ほん　　　　　　つくえ　なか

那本書應該是在那張桌子裡面。

❶. 「…はずだ」的句型是用來表示理所當然的意思，是說話者根據邏輯、理論進行推斷，認爲理所當然的可能性，相當於中文的「應該會…」「理應會…」。

例：**田中さんはもうすぐ来るはずです。**

（田中小姐應該快來了。）

❷. 「…はずだ」的接續方式很單純，因爲「はず」本身爲名詞，所以接續方式和一般名詞一樣。

例：**これは鈴木さんのかばんのはずです。**

（我想這應該是鈴木的包包。）

母が掃除したから、部屋がきれいなはずだ。
そうじ

（母親打掃過了，所以房間應該會很乾淨。）

 もっと☀

與「はず」在中譯上相近的語詞有個「べき」，但是意思不同，指的是本分上應該如何做。

例：**学生はよく勉強するべきだ。** （學生應該用功讀書。）

(1-1) 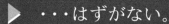 ▶　・・・はずがない。

彼<ruby>かれ<rt></rt></ruby>がここへ来<ruby>く<rt></rt></ruby>るはずがありません。

他不可能會過來。

❶ 「…はずだ」的否定形式有兩種。一種是「はず」前面直接否定述語，作「…ないはずだ」。另一種是作「…はずがない」的句型，表示「不可能…」「不會…」「不該…」。

例：そんなことを彼には知<ruby>し<rt></rt></ruby>らせ<u>ない</u>はずです。

（應該不會告訴他那件事。）

そんなことを彼に知らせるはずがない。

（不可能會告訴他那件事的。）

❷ 「…はずがない」的句型要比「…ないはずだ」的語氣來得強烈。

（2）　▶　・・・ようだ。

大家さんはもう寝たようです。

おおや　ね

房東好像睡著了。

❶　「…ようだ」是一種主觀的推測，爲說話者根據親身感受或查覺到的跡象，對事物進行判斷，意思相當於中文的「好像…」「似乎…」「宛如…」「彷彿…」等。

例：**誰か来たようだ。**　　（好像有人來了。）

❷　「…ようだ」的接續方式與「…はずだ」相同，採連體修飾，接續方式和一般名詞一樣。註：這是因為「よう」原為名詞，意思是「樣子」，漢字寫成「樣」。

例：**彼はきょう休みのようだ。**
　　（他今天似乎是放假。）
　　風邪を引いたようですね。　　----醫生對病人說
　　（我推斷你是感冒了。）
　　鈴木さん、刺し身が好きなようですね。
　　もう３皿食べて。
　　（鈴木先生，你好像很喜歡吃生魚片，已經吃三盤了！）

❸　「…ようだ」也可以用於表達自己的看法，此時帶有委婉的語氣。註：「…ようだ」另有表「比況」的用法，參見P.171。

例：**この洋服はわたしに小さいようですね。**
　　（這件衣服對我來說好像小了一點。）

(2-1)  ▶ ・・・みたいだ。

どうも風邪を引いたみたいだ。

我好像感冒了。

❶ 「…みたいだ」是「…ようだ」的口語說法，常見於日常會話，而且年輕人用得比較多。

例：**今日は雨が降るみたいだ。**
　　（今天好像會下雨。）

❷ 「…みたいだ」的接續方式與「…ようだ」有些不同，原則上為「常體」接續，但在遇到「名詞＋だ」及「ナ形容詞語幹＋だ」時，須去掉「だ」才後接「みたいだ」。

例：**彼はきょう休みみたいだ。**　----前接名詞時
　　（他今天似乎是放假。）

　　先生は私が嫌いみたいだ。　----前接ナ形容詞時
　　（老師好像不喜歡我。）

❸ 「…みたいだ」和ナ形容詞一樣，在會話中，句尾的「だ」可省略。

例：**どうも風邪を引いたみたい（だ）。**

(3)

▶ ・・・らしい。

阿部さんは昨日台湾へ行ったらしいです。

阿部先生昨天好像去台灣了。

❶ 「らしい」是推量助動詞,表示客觀的、有根據、有理由的推測,這裡的根據指的是聽聞的消息,或具體跡象等,相當於中文的「聽說好像…」「似乎…」。

❷ 作推量用法的「…らしい」與「…ようだ」在許多場合中是可以互相代換的,不過主觀用法的「…ようだ」所表現的態度較爲明確。

例：すごい渋滞だ。**事故があったらしい。**----客觀

すごい渋滞だ。**事故があったようだ。**----主觀

（塞車得好嚴重，好像發生了交通事故。）

❸ 表示客觀推測的「…らしい」在許多必須做出明確判斷的場合,會給人有似乎不負責任的意味,此時應避免使用這種表現方式。例——

[場景：醫生對病人說]

（×）風邪を引いた<u>らしい</u>ですね。

（○）風邪を引いた<u>よう</u>ですね。（我推斷你是感冒了。）

❹ 「…らしい」的接續方式與「…ようだ」有些不同,但和「…みたいだ」一樣,原則上爲「常體」接續,在遇到「名

詞＋だ」及「ナ形容詞語幹＋だ」時須去掉「だ」才後接
「らしい」。

例：**彼はきょう休み**らしい。　　----前接名詞時

　　（他今天似乎是放假。）

　　あのリゾートは有名らしい。----前接ナ形容詞時

　　（那個渡假地好像很有名。）

當「…らしい」的推測根據來自聽聞的消息時，用法
即類似於表示傳聞的「…そうだ」。

例：うわさでは彼は会社をやめるらしいよ。

　　（有傳聞說他要辭職唷。）

　　天気予報によると、明日は雨らしい。

　　（根據氣象報告，明天好像會下雨。）

30 引述

(1)

▶ ・・・と言う。

花子が私に「おはよう」と言いました。

花子對我說：「早安」。

❶. 「…と言う」的意思是「說…」，助詞「と」在這裡表示說話的內容，功能有點類似中文的標點符號「：」。若有轉述對象時則用「に」表示，作「AはBに…と言う」或「…とAはBに言う」的句型。

❷. 助詞「と」之前的引述內容，可以是一個語詞、句子或文章。引用的方式分爲直接引用和間接引用兩種。

　ア.直接引用：將別人所說的內容原封不動地引用，並用引用符號（「　」）框起。「と」前面的句子可能是敬體或常體，視原說話者當時使用的文體而定。

　　例：和夫は「来年結婚するつもりです」と言った。
　　（和夫說打算明天結婚。）

　イ.間接引用：將別人所說的話經過整理轉述，「と」前面的引述句多以常體表示，並且不使用引用符號。

　　例：和夫は来年結婚すると言った。
　　（和夫說明年要結婚。）

❸ 引述句的時態與主句的時態之間為各自獨立，並無直接
關連。

例：花子は先月日本へ遊びに行ったと言いました。

（花子說上個月去日本玩了一趟。）

医者は田中に「薬を飲むのは忘れないでください」
と言った。

（醫生對田中說：「請不要忘記吃藥」。）

もっと ※

「引述」指的是當時某人說了什麼話，描述的是事實，
但若焦點為某人說話的內容，並將其視同訊息傳遞、
轉告時(這種用法其實更為常見)，「…と言った」必須
改成「…と言っている」。

例：和夫は来年結婚すると言っている。
（和夫說他明年要結婚。）

和夫は「来年結婚するつもりです」と言っている。
（和夫說他打算明年要結婚。）

(3)

▶ ・・・ように言う。

あの人に心配^{しんぱい}しないように言^いってください。

請跟他說不用擔心。

❶ 也可以將「…と言う」中的「と」改成「ように」，作「…ように言う」，這時的「ように」是表示請求、願望或委婉命令的內容，帶有叮嚀的意味。

例：**先生が学生にその本を読むように言った。**

（老師叫學生看那本書。）

❷ 更多時候，「…ように言う」的「言う」會由「頼む、注意^{ちゅうい}する、命令^{めいれい}する」等動詞替換，清楚表示要求、提醒或命令的內容。

例：**久美子^{くみこ}に席^{せき}を取^とっておいてくれるように頼^{たの}みました。**

（我已經拜託久美子幫我先佔位子。）

31 第三人稱

（1）

▶ ・・・と思っている。

彼（かれ）はお金（かね）が一番大切（いちばんたいせつ）だと思（おも）っているようだ。

他好像認為錢是最重要的。

❶ 個人內心的想法、意志、想望等，如果不是當事人，他人一般難以窺知。在日語裡，對於這類「內心世界」的處理方式依人稱而有不同。

ア.第一人稱：直接表示。註：「…と思う」意思是「我認為」，只限用於第一人稱表達想法。
例：私はいいと思います。　　　（我覺得不錯。）

イ.第二人稱：以疑問句表示。
例：あなたはどう思いますか。　（你覺得如何？）

ウ.第三人稱：以表狀態的動詞句表示。
例：警察（けいさつ）はあの人が犯人（はんにん）だと思っている。
（警察認為那個人是犯人。）

❷ 「…と思っている」用於表示第三人稱的想法時，後面經常跟著表傳聞或推測語氣的「そうだ」「ようだ」「らしい」等。
例：警察はあの人が犯人だと思っているそうだ。
（聽說警察認為那個人是犯人。）

❸ 表示個人意志的「V(よ)うと思っている」也是一樣的用法，而且後面幾乎都會跟著表傳聞或推測語氣的「そうだ」「ようだ」「らしい」等。例——

A： ボーナスをどう使おうと思いますか。

（你打算如何花獎金？）

B： そうですね。私は海外旅行に使おうと思いますが、夫は車に使おうと思っているようです。

（嗯，我打算用在出國旅行上，

可是我先生好像想用在車子上。）

❹ 另一個表示個人意志的「～つもりだ」，用法也和「V(よ)うと思っている」一樣。

例：田中さんはマイホームを買うつもりらしい。

（田中先生好像打算買棟自己的房子。）

（2）

> Nを ほしがっている。
> Vたがっている。

彼はマイカーを欲しがっています。
彼はマイカーを買いたがっています。

他想要有部自己的車。
他想要買部自己的車。

❶ 表示欲望的「ほしい」「〜たい」也是不能直接用於第一人稱以外的主語。第二人稱時必須作疑問句，第三人稱時必須先改成動詞「ほしがる」「〜たがる」，然後再加「ている」。

例：(私は)マイカーが<u>欲しい</u>。　----第一人稱
　　(我想要有部自己的車。)

　　(あなたは)マイカーが<u>欲しいですか</u>。----第二人稱
　　(你想要有部自己的車嗎？)

　　彼はマイカーを<u>欲しがっています</u>。----第三人稱
　　(他想要有部自己的車。)

❷ 「がる」」是接尾語，主要接在表示情感的形容詞語幹的後面，使成為動詞。以「〜たい」為例，就是去掉語尾「い」，再接「がる」，變化後的新動詞為第一類動詞。
註：接尾語無法單獨存在，必須結合其他語詞才具有意義。
例：彼はお茶を飲みたがっている。
　　(他想喝杯茶。)

❸ 注意，原本表示希望對象的「が」，在「ほしい」「〜たい」轉換爲動詞「ほしがる」「〜たがる」時，必須跟著改成「を」。

例：(私は)コーヒーが<u>欲しい</u>。

     ----「ほしい」搭配的助詞爲「が」

⇒ 彼はお茶を<u>欲しがって</u>います。

     ----「ほしがる」搭配的助詞是「を」

例：(私は)コーヒーが/を飲み<u>たい</u>。

     ----「〜たい」搭配的助詞爲「が」或「を」皆可

⇒ 彼はお茶を飲み<u>たがって</u>います。

     ----「〜たがる」搭配的助詞是「を」

もっと☀

當主語不是個人而是統稱時，也會單獨使用動詞「ほしがる」「〜たがる」，不加「ている」，表示一般性的事理。

例：子供はおもちゃを<u>欲しがる</u>。 (小孩子都想要玩具。)

（3）

> ▶ Ａがっている。
> ▶ Ｎaがっている。

彼(かれ)は寂(さび)しがっています。
彼(かれ)は面倒(めんどう)をいやがっています。

他很寂寞。
他討厭麻煩。

❶ 形容詞可分爲形容外在性質的<u>屬性形容詞</u>(如おいしい、大きい、高い等)，以及形容內心世界的<u>感情形容詞</u>(如悲しい、痛い、眠い等)。在日語裡，只有第一人稱當主語時，才能直接使用感情形容詞。

例：（〇）（私は）寂しい。　　　----第一人稱
　　　（我很寂寞。）
　　　（×）<u>あなたは</u>寂しいか。　----第二人稱
　　　（×）<u>彼は</u>寂しい。　　　----第三人稱

❷ 對於他人表現在外的內在感受，日語是以旁觀的角度，視同狀態加以描述。作法也是加接尾語「～がる」，作「感情形容詞語幹＋がる」，然後加「ている」。

例：彼は寂しがっている。　　（他很寂寞。）

❸ 原先固定搭配表示好惡對象「が」的感情形容詞，如「好き、いや、嫌い、怖い」等，在轉換爲動詞時，必須跟著改成「を」。

例：私はゴキブリが怖い。

（我怕蟑螂。）

彼はゴキブリを怖がっています。

（他怕蟑螂。）

❹ 這類描述個人情感、想望的感情形容詞，或是之前介紹過的「ほしい」「〜たい」等，在後面接著表傳聞或推測語氣的「そうだ」「ようだ」「らしい」等時，則可以直接用於第三人稱。

例：彼は車が欲しいらしい。 （他似乎想要買車。）

彼は車を買いたいそうだ。 （聽說他想買車。）

彼は寂しいようだ。 （他好像很寂寞。）

もっと※

當主語不是個人而是統稱時，便可單獨使用動詞「〜がる」，不加「ている」，表示一般性的現象。

例：学生は宿題をいやがる。(學生們都討厭回家作業。)

（1）

▶ Ｖても・・・。

▶ Ｎでも・・・。

明日は雨が降っても行きます。

明日は雨でも出かけます。

明天即使下雨也要去。

明天即使下雨也要出門。

❶ 「ても」是接續助詞，相當於中文「即使～，也」，是由動詞或イ形容詞的て形加「も」所構成。

例：ダイエット薬を飲んでも痩せないだろう。

（就算吃減肥藥也不會瘦吧。）

あの人は機嫌が悪くても顔に出さない。

（他即使不高興也不會表現出來。）

❷ 名詞或ナ形容詞時則是作「Ｎ/Ｎａ＋でも」。註：名詞接「でも」另有表例示的用法，參見p.20。

例：この辺りは深夜でも騒々しい。

（這一帶即使深夜也很吵。）

交通が不便でも、毎日病気見舞いします。

（即使交通不便，也要每天探病。）

❸ 「ても」在日語文法中稱爲逆接條件，表示後文的結果不受前文的影響。依前接的句子可分成下列兩種用法——

ア.前句爲尙未成立的事（假設的事）時，常和「もし（如果）、たとえ（即使）」等表假設的副詞一起使用。

例：たとえ雨が降っても、試合が行われます。

（即使下雨，比賽照常舉行。）

イ.前句爲已成立的事（事實的事）。

例：いくら探しても、ありません。

（無論怎麼找也沒有。）

❹ 「ても」亦可前接否定形，此時動詞或イ形容詞必須作「～なくても」，而名詞或ナ形容詞則是作「でなくても」。

例：両親が許してくれなくても、彼と結婚します。

（即使父母不答應，我也要和他結婚。）

高くなくても買いません。

（即使不貴也不買。）

大学生でなくても答えられる問題です。

（即使不是大學生也會回答的問題。）

❺ 此句型也可用並列條件「～ても～ても」或「～でも～でも」的方式來表現。

例：風が吹いても、雨が降っても、試合が行われます。

（即使颱風下雨，比賽照常舉行。）

体育館は先生でも学生でも使うことができる。

（體育館不管老師或學生都可使用。）

(1-1) ▶ 疑問詞 ＋ 〜ても・・・。

どんなことがあっても、行くと思いますよ。

不管發生什麼事，我想我都會去。

❶ 「ても」前接疑問詞時，表示「任何〜都」「無論〜都」。

例： 何を言ってもだめだ。

（不論說什麼都沒用。）

いくら難しくてもやります。

（不管再怎麼困難，我也要做。）

❷ 「いくら〜ても」有時亦可作「どんなに〜ても」。

例：どんなに難しくてもやります。

❸ 須留意如果是「疑問詞＋でも」，此時是作全面肯定的用法，後面只接肯定句，中文可譯爲「無論〜都」。

註：參見本書p.12。

例：あの人は何でも知っています。

（他什麼都知道。）

プチテスト （小測驗）

(1) やさしい 山下さんが こんな ひどい ことを する _____が ない。

(2) 車が 止まった _____、動かない。

(3) 「今日の 午後 3時に 来て ください」____ うけ つけの 人が 言って いました。

(4) _____ 勉強しても、なかなか 漢字が おぼえられない。

(5) この アパートに _____たがっている 学生が 多い。

(6) すみません、上田さんに 私の へやへ 来るよう ____ 言って ください。

(7) 玄関の ベルが なったけれど、いまごろ だれ_____。

（1）

> ～が/は～にＶ(ら)れる。

いもうと はは しか
妹は母に叱られた。

妹妹被媽媽罵。

❶ 之前我們學過的動詞句都是主動句，如果改由動作承
受者的角度出發，便成了「被動句」。

❷ 被動句的動詞必須是<u>被動形</u>。日語動詞的被動形也是
依動詞的類別而有不同的變化規則，但所有類型的動
詞，變化後的被動形都會變成第二類動詞。

ア.第一類動詞：語尾ウ段音改成ア段音，再加「れる」

い 言う ↓ 言われる	い 行く ↓ 行かれる	こわ 壊す ↓ 壊される	よ 呼ぶ ↓ 呼ばれる

語尾為「う」的動詞是例外，要變成
「わ」，再加「れる」。

イ.第二類動詞：語尾「る」去掉，直接加「られる」

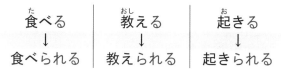

た 食べる ↓ 食べられる	おし 教える ↓ 教えられる	お 起きる ↓ 起きられる

註：第二類動詞的被動形與可能形完全一致。

ウ.第三類動詞：不規則變化

くる（来る）	する	紹介<ruby>紹介<rt>しょうかい</rt></ruby>する
↓	↓	↓
こられる（来られる）	される	紹介される

❸ 被動句的句型爲「S₁が/は S₂にV（ら）れる」，其中「S₁」爲動作的承受者，也是句子的主語，所以助詞用「が/は」；「S₂」是執行動作的人，日語用助詞「に」表示。

例：私は先生に**ほめられた**。　（我受到老師誇獎。）

❹ 被動句如果轉換成主動句則是「S₂が/は S₁をVる」。
例——

> 妹は母に叱られた。
> （妹妹被媽媽罵。）
> ⇧
> 母は妹を叱った。
> （媽媽罵妹妹。）

> 私は先生にほめられた。
> （我受到老師誇獎。）
> ⇧
> 先生は私をほめた。
> （老師誇獎我。）

❺ 當動作主爲機關團體或物的授與者時，表示動作主的助詞「に」，有時也用「から」代替。

例：**税務署から申告漏れを注意された。**
（收到稅務機關警告漏報稅。）

上司から辞令を渡された。
（收到上級的任命。）

(1-1) ▶ ～が/は～に [所有物]をV(ら)れる。

私は泥棒にお金を盗まれた。

我被小偷偷了錢。

❶ 當動作承受者「S₁」的所有物才是動作的直接受詞，承受者本人並沒有直接受到動作施行者的施力時，句型必須作「S₁が/は S₂にNをV(ら)れる」。

❷ 這個句型是S₂對S₁的所有物進行某種行為，而且這個行為會造成S₁的困擾或損失。以標題句為例，原本的主動句是「泥棒が私のお金を盗んだ」，被偷的雖然是「お金」，但「私」才是實質感受者，所以要以人為話題來強調所受到的遭遇，而不是以物為話題「(×)私のお金が泥棒に盗まれた」。

例：(×)私の作文は先生にほめられた。

(○)私は先生に作文をほめられた。

(我的作文得到老師誇獎。)

❸ 一般情形下，只有在無關說話者痛癢的事物上，才比較有機會看到以所有物為主語的被動句。

例：台風で多くの人の家屋が壊された。

(颱風造成許多人的房屋毀壞。)

註：此句若依句構直譯，會譯成「許多人的房屋因颱風而受到毀損」。

もっと☀

由於被動句表非自願・非本意地「被〜」的感受，故一般的「受惠」表現，即受到別人好意、得到幫助時，通常是以動作的授受表現「Ｖてもらう」表示。

例：（×）私は友達にコンピュータを修理された。

（○）私は友達にコンピュータを<u>修理してもらった</u>。

（我請朋友幫我修電腦。）

（2）

▶ [もの]が/は Ｖ(ら)れる。

台湾では、卒業式は毎年の6月に行われる。

在臺灣，每年6月舉行畢業典禮。

❶ 被動句主要是從「人」的角度出發，但在不涉及感情、純粹表達事實時，有時也會以事物作為主語。

例：<u>この商品は来月発売される</u>。

（這項商品即將在下個月販售。）

❷ 這種以被動的事物作主語來表現的句型，通常不須特地表明動作的施行者，因為那並不重要。另外，在翻譯成中文時，也不適合把「被」字翻譯出來。

例：先週、日本語教育シンポジウムが開かれた。
（上週召開了日語教育研討會。）

(2-1)　▶　[もの]が/は〜によってV(ら)れる。

電気はエジソンによって発明された。

電燈是愛迪生發明的。

❶ 被動句中用來表示動作施行者的助詞，一般都是用
「に」比較多，但是有時候也可以用「によって」。

例：『ハリーポッター』はJ.K.ローリングによって書かれた。
（《哈利波特》是由JK羅琳所著作。）

❷ 會使用「によって」的情況通常是句中出現的被動語態
的動詞為表示創造、發明或發現等含義的動詞時。而且
多用於書面，少見用在口語表現或個人的行為上。

例：法隆寺は聖徳太子によって建てられた。
（法隆寺是由聖德太子所建造。）

（3）

～が/は～にＶ（ら）れる。［間接被動］

<ruby>学校<rt>がっこう</rt></ruby>から<ruby>帰<rt>かえ</rt></ruby>るとき、<ruby>雨<rt>あめ</rt></ruby>に<ruby>降<rt>ふ</rt></ruby>られた。

從學校回來的時候被雨淋濕了。

❶ 日語的被動句還有一個很特殊的語態，就是用自動詞構成的被動句，表示因爲外界或旁人的獨立動作而受害，一般稱爲間接被動句。

❷ 間接被動句通常用在動作執行者的動作明明與主語無關，但是主語卻覺得該動作對自己造成困擾時。

例：**雨に降られた。** ----因爲「雨が降った」而自覺受害
　　（被雨淋濕。）

　　母に死なれた。 ----因爲「母が死んだ」而自覺不幸
　　（死了母親。）

❸ 雖然這種被動句外觀與一般被動句無異，但是由於該動作並非直接作用於受害者、甚至是其所有物上，所以無法直接轉換成主動句。

34 使役句

（1）

▶ ～が/は～に～をＶ（さ）せる。[他動詞]

母<rt>はは</rt>は妹<rt>いもうと</rt>に部屋<rt>へや</rt>の掃除<rt>そうじ</rt>をさせた。

媽媽要妹妹打掃房間。

❶ 什麼是「使役」呢？就是「A要B做某事」，A是使役者，B是動作的執行者，A的層級通常高於B。

❷ 使役句的動詞必須是使役形。日語動詞的使役形也是依動詞的類別而有不同的變化規則，但所有類型的動詞，變化後的使役形都會變成第二類動詞。

ア.第一類動詞：語尾ウ段音改成ア段音，再加「せる」

言<rt>い</rt>う	行<rt>い</rt>く	壊<rt>こわ</rt>す	読<rt>よ</rt>む
↓	↓	↓	↓
言わせる	行かせる	壊させる	読ませる

語尾為「う」的動詞是例外，要變成「わ」，再加「せる」。

イ.第二類動詞：語尾「る」去掉，直接加「させる」

食<rt>た</rt>べる	着<rt>き</rt>る	考<rt>かんが</rt>える
↓	↓	↓
食べさせる	着させる	考えさせる

- 149 -

ゥ.第三類動詞：不規則變化

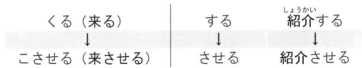

くる（来る）	する	しょうかい 紹介する
↓	↓	↓
こさせる（来させる）	させる	紹介させる

❸ 使役句中以助詞「に」來表示被指使者。

例——

> **林さんは意見を言った。**
> （小林發表意見。）
>
>
>
> **課長は林さんに意見を言わせた。**
> （課長要小林發表意見。）

❹ 「使役」的定義除了可以是強制的命令、指示，有時也可以是消極的許可、放任，視前後文語意作判斷。

例：**お母さんが子供にミルクを飲ませた。**　----命令
　　（母親要小孩喝牛奶。）

　　お母さんが子供にテレビゲームをさせた。----放任
　　（母親讓小孩玩電動。）

> 使役表現基本上為層級高者強制或要求層級低者做某件事，如果對方的層級高於自己時，必須用授受表現「～てもらう」或「～ていただく」。
>
> 例：(×)このネクタイは先輩に選ばせました。
> 　　(○)このネクタイは先輩に選んでいただきました。
> 　　　（這條領帶是請學長幫我選的。）

（2）

> ～が/は～をＶ(さ)せる。[自動詞]
> ～が/は～にＶ(さ)せる。[自動詞]

彼は妹を泣かせた。

かれ いもうと な

他把妹妹弄哭了。

❶ 他動詞使役句中的被指使者用「に」表示，是由於他動詞已經有表受詞「を」的關係。如果使役句中的動作者執行的是自動詞，此時表示被指使者的助詞可以選擇用「を」或「に」。

ア.不顧動作者本身的意願如何時，用「を」；動作者本身亦有意願，而使役者表示尊重時，用「に」。

例：**子供を使いに行かせた。**----不管小孩的想法
つか
（叫小孩去跑腿。）

子供に使いに行かせた。----小孩子本身想去
（讓小孩去跑腿。）

イ.當使役者造成的是動作者非自主的情緒表現時，只能用「を」。

例：**兄がうそをついて父を怒らせた。**
おこ
（哥哥說了謊，讓父親生氣。）

----父親被哥哥的行爲激怒，不是自己想生氣

❷ 日語裡表示使役的用法，除了動詞使役形之外，也有一部分的他動詞本身即有使役的含義。如「泣かす(讓人

哭，弄哭)、起こす(讓人起來，叫醒)……」。

例：私は妹を泣かした。 ＝ 私は妹を泣かせた。

（我把妹妹弄哭了。）

あした朝６時に私を起こしてください。

（明天早上6點叫醒我。）

もっと☀

一般說來，除了「泣く」等自發的情感動詞之外，當自動詞本身有相對應的具使役含義的他動詞時，通常直接取代使役形使用。

例：（△）あした朝６時に私を起きさせてください。

　　（○）あした朝６時に私を起こしてください。

35 使役被動句

（1）

▶ 〜が/は〜にＶ（さ）せられる。

子供のころ、母に野菜を食べさせられた。

我小時候被媽媽強迫吃蔬菜。

❶. 所謂「使役被動」是從使役句中被指使者的角度來看待使役這個動作，顧名思義就是被指使去做某個動作，語感中含「硬被逼著去做不願意做的事」之意。

❷. 使役句的動詞必須是<u>使役被動形</u>。和被動形一樣，日語的使役被動也有依動詞類別而有不同變化規則，而且所有類型的動詞，變化後的使役被動形都會變成第二類動詞。

   ア.第一類動詞：語尾ウ段音改成ア段音，再加「せられる」或「される」。但如果語尾為「す」時，在改成ア段音「さ」後，只能加「せられる」。註：「される」為「せられる」的簡約形，口語中以「される」的用法較普遍。

言う	行く	送る	壊す
↓	↓	↓	↓
言わせられる	行かせられる	送らせられる	壊させられる
言わされる	行かされる	送らされる	×

語尾為「う」的動詞是例外，要變成「わ」，再加「せられる」或「される」。

ｲ.第二類動詞：語尾「る」去掉，直接加「させられる」

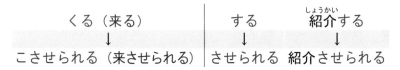

食<ruby>た</ruby>べる	着<ruby>き</ruby>る	考<ruby>かんが</ruby>える
↓	↓	↓
食べさせられる	着させられる	考えさせられる

ｳ.第三類動詞：不規則變化

くる（来る）	する	紹介<ruby>しょうかい</ruby>する
↓	↓	↓
こさせられる（来させられる）	させられる	紹介させられる

❸ 使役被動句由於是將使役句改成被動句的形態，所以句型與被動句一模一樣，只是動詞改成了使役被動形，所以是「S₁が/は S₂にＶ（さ）せられる」。「S₁」爲使役動作的承受者，也是句子的主語，所以助詞用「が/は」；「S₂」是指使者，日語用助詞「に」表示。

例：洋子<ruby>ようこ</ruby>はいつもセールスマンに化粧品<ruby>けしょうひん</ruby>を買わせられる。
（洋子老是被推銷員強迫購買化妝品。）

「買わせる」的是推銷員；「買わせられる」的是洋子。

36 請求句

(1)

▶ V(さ)せてください。

この文章を簡単に説明させてください。

請讓我簡單說明這篇文章。

❶ 將表示使役的動詞「～(さ)せる」改成て形，套用4級文法學過的請求句型「Vてください」，便成了「Vさせてください」，所表示的是說話者想要辦某件事而請聽話者加以允許的意思，相當於中文「請讓我做～」「請允許我做～」。

例：疲れたから少し休ませてください。

（我累了，請讓我休息一下。）

❷ 同樣是請求句，「Vさせてください」要比「Vてください」來得客套。

例：この本を読んでから感想を聞かせてください。

（讀完這本書後，請讓我聽取感想。）----婉轉請求

＝この本を読んでから感想を話してください。

（讀完這本書後，請告訴我感想。）---- 一般請求

（2）　▶ おＶ^{ます}ください。

しょうしょう　　　ま
少々お待ちください。

請稍等一下。

1. 將請求句型「Ｖてください」中的「Ｖて」，改成動詞ます
形去掉「ます」，前面再加上「お」，成爲「おＶますくださ
い」，此句型相當於「(どうぞ)～てください」的敬語表達
方式。
例：お乗^のりください。　　（請搭乘。）

2. 但如果是如「連絡します」「説明します」等動作性名詞
時，則是作「ご＋Ｎ＋ください」的形式。
例：ご連絡^{れんらく}ください。　　（請聯絡。）

もっと☀

一般說來，和語(日本固有的語詞)前面加「お」，而
漢語(自中國語引進的語詞)前面則加「ご」。雖然並
非所有的語詞都適用此規則，但仍不失爲一個容易
分辨的方法。

（1） ▶ Ｖるため（に）、・・・。

パソコンを買^かうためにアルバイトをしている。

> 為了買電腦，現在在打工。

❶ 「ため」在這裡是作「目的」解釋，用於句中時亦可作「ために」，前接意志動詞的辭書形，表示是後句行為的積極目的。

例：弟は車を買うために、定期を解約した。

（弟弟為了買車子而將定存解約。）

❷ 注意「Ｖるために」前後句的動作者必須一致。

例：（×）弟が車を買うために、母は定期を解約した。

----前後句動作主不一致

（〇）弟に車を買ってあげるために、母は定期を解約した。（為了買車給弟弟，母親將定存解約。）

❸ 類似用法還可前接名詞，人或事物皆可，此時「ため」解釋作「利益、好處」，所以是「為了～的利益而做」的意思。

例：子供のために、貯金します。 （為了小孩而存錢。）
自然のために、リサイクルは必要です。

（為了自然環境，資源回收是必要的。）

(2)

> ▶ Ｖるように、・・・。
> ▶ Ｖないように、・・・。

時間(じかん)に遅(おく)れないように早(はや)く出(で)かけました。

為了不遲到，早早就出門了。

❶「ように」前面的句子是表示目的，後面的句子則是表示手段方法。但和「ために」有些不同，「ように」前接非意志動詞，例如可能動詞、「わかる、見える、聞こえる…」，或是一般動詞的ない形，相當於中文的「爲(達到或實現某目的)而……」的意思，具有爲此而用心、爲此而努力等意義。

例：子供にもわかるように簡単(かんたん)に説明(せつめい)する。

（為了讓小孩也懂，簡單說明。）

日本語が話せるように勉強している。

（為了能說日文而用功學習。）

忘れないようにメモしておきます。

（為了不忘記，事先記下來。）

❷ 相較於前接目標狀態的「ように」，前接意志性動詞的「ために」更能讓人感受到動作者的積極性。

例：息子(むすこ)は合格(ごうかく)できるように勉強しました。

（兒子為能夠及格而用功。）

息子は合格するために勉強しました。

（兒子為了要及格而用功。）

❸ 「ように」有時也與表示請求的句型搭配，表示提醒或勸告，而且經常作「～ないようにしてください」。至於表示積極動作的「ために」則無此用法。

例：かさを忘れ<u>ないようにしてください</u>。
（請不要忘了帶傘。）

遅れ<u>ないように</u>早く出かけ<u>てください</u>。
（請早點出門以免遲到。）

38 變化

（1） ▶ Ｖるようになる。

日本語が少しわかるようになりました。
にほんご　　　すこ

我懂得一點日語了。

❶ 「なる」意指變化，當接在「Ｖるように」之後時，相當於中文的「變成～」「逐漸～」「現在已經～」等等。注意這時不是表示目的，而是事物自然發展的趨勢和變化的結果。

例：あの子は最近はよく勉強するようになりました。
　　　　　　さいきん

（那個孩子最近變得很用功。）

❷ 本句型經常與動詞可能形搭配，表示從不會到會的變化。

例：おかげさまで、テニスができるようになりました。

（托您的福，我已經會打網球了。）

❸ 「Ｖるようになる」中的「～ように」，作用是提示變化的演進，通常表示由無變成有的演變，若是「由有變成無」的演變時，則只須以「Ｖなくなる」的方式表達。

例：最近、小さい字が読めなくなりました。

（最近看不清小一點的字了。）

39 原因

（1）

▶ ・・・ので、・・・。

風邪を引いたので、学校を休みました。

因為感冒，所以請假沒上學。

❶ 接續助詞「ので」和４級學過的「から」一樣，用於連接前後兩個句子，使用時置於前句句尾，表示前句是後句的原因、理由。

例：あの店はいつも込んでいるので予約した方がいい。
（那家店經常客滿，最好先預約。）

❷ 「ので」前面主要是接常體，為了表示客套、禮貌，有時也可以接敬體。但有個例外，在遇到名詞句或ナ形容詞句時須作「名詞/ナ形容詞語幹＋な＋ので」。

例：（×）昨日は風邪だので、学校を休みました。
（○）昨日は風邪なので、学校を休みました。
（○）昨日は風邪でしたので、学校を休みました。

❸ 比較「ので」和「から」，前者較客觀、委婉，通常用於客觀解釋前後句的因果關係，或是表達委婉的請求。後者較主觀，敘述原因理由時，後句既可是委婉的請求，也可是強硬的命令、意志等。

例：**宿題が終わったので、テレビを見てもいいですか。**

（我功課做完了，可以看電視嗎？）

----後句爲委婉的請求

宿題が終わったから、テレビを見てもいいですか。

（我功課做完了，可以看電視嗎？）

----後句爲委婉的請求

（×）**明日は早いので、もう寝よう。**

（〇）**明日は早いから、もう寝よう。**

（明天要早起，我要睡了。）

----後句爲說話者的意志

❹ 另外，「ので」也沒有類似「から」可置於句尾的用法。

註：此時可以作「…のだ」，參見本書p.166。

例：**どうして朝ごはんを食べないんですか。**

（為什麼沒有吃早餐？）

➥（×）**時間がありませんので。**

➥（〇）**時間がありませんから。**

（因為沒時間。）

這裡的「食べないんです」即「食べないのだ」。

（2）

▶ ・・・ため (に)、・・・。

事故があったために、遅刻しました。

因為有事故，所以遲到了。

1. 「ため(に)」除了表示目的，也可表示原因、理由，但略為書面用語，和「ので」一樣作客觀用法，不可後接表示推測、命令、意志等句子。「に」可省略，意思不變。例——

（×）雨が降っている<u>ため</u>、今日の<u>遠足</u>は<u>中止だろう</u>。

（○）雨が降っているため、今日の<u>遠足</u>は<u>中止になった</u>。

（因為下雨，今天的遠足取消了。）

----後句爲事情發展結果

2. 「ため(に)」作原因、理由解釋時，前面的句子主要是常體接續，但名詞句或ナ形容詞句非過去式爲例外。

ア.動詞時作常體接續

例：<u>ハワイに行ったために</u>貯金が少なくなりました。

（因為去了夏威夷，所以存款變少了。）

イ.名詞時作「Nのため(に)」或「Nだったため(に)」

例：<u>台風のため</u>、電車が止まりました。

（因為颱風，所以電車停駛了。）

去年は<u>暖冬だったため</u>、桜が早く咲きました。

（去年因為暖冬，所以櫻花提早開了。）

ウ.ナ形容詞時作「Ｎａなため（に）」或「Ｎａだったため（に）」

例：ラーメンが<u>好きなため</u>、ラーメンばかり食べている。

（因為喜歡拉麵，所以老是吃拉麵。）

勉強が<u>嫌いだったため</u>、進学^{しんがく}しなかった。

（因為不喜歡唸書，所以沒有升學。）

エ.イ形容詞時作常體接續

例：**今年は夏が<u>寒かったために</u>、米^{こめ}が不作^{ふさく}です。**

（今年因為是冷夏，所以稻米歉收。）

❸ 「…ため（に）、…」經常用於表示負面的原因、理由，例如標題句的「遅刻しました」。

もっと☀

與表目的、原因理由的「ため（に）」相關連的有接續詞「そのため（に）」。

例：パソコンを買います。
そのためにアルバイトをしています。
（我要買電腦，為此正在打工。）----表目的

例：昨日は風邪を引きました。
そのために、学校を休みました。
（昨天感冒了，因此跟學校請了假。）----表原因理由

40 逆接［のに］

（1）

> ・・・のに、・・・。

雨が降っているのに、外で遊んでいる。

明明在下雨，卻在外頭玩。

❶「のに」和「ので」一樣，都是<u>接續助詞</u>，但「のに」通常連接兩件已成為事實的事，並含有對這兩件事之間的逆接關係感到<u>驚訝與不滿的負面情緒</u>，所以中文可譯為「明明…，卻…」。

例：雨が降っているのに、試合は続けられた。

（明明在下雨，比賽卻仍繼續進行。）

❷「のに」因為主要是表事實的逆接，故後句不可以是表命令、請求、意志、推測、疑問等其內容是尚未成立的事。

例：（×）雨が降っている<u>のに</u>、出かけますか。

❸「のに」的接續和「ので」一樣，前接常體，但是在遇到名詞句或ナ形容詞句時，必須作「<u>名詞/ナ形容詞語幹＋な＋のに</u>」。

例：雨<u>なのに</u>、出かけました。

（明明在下雨，卻出門了。）

（1）

▶ ・・・のだ。

どうしたんですか。

怎麼了（情形不太對唷）？

1. 當「の」與斷定助動詞「だ」連用，出現在句尾時，表示說話者在某前提或是依據眼前所見所聞的情況下，要求對方提出說明，此時常以「…んですか」的句型提問。

註：在口語裡，「…のだ」通常會變成「…んだ」。

例：**どうしたんですか。**

（怎麼了？） ----看到對方有異狀，進一步詢問

新しいかばんを買ったんですか。

（你買了新包包啊？）

----看到對方的新包包，加以確認

2. 「…のだ」也可以用在說話者本身說明原因、理由時。

ア.針對對方的問話作說明。

A: **どうしたんですか。**（你怎麼了？）

B: **頭が痛いんです。** （我頭痛。）

イ.針對前面所說的話、附加原因作解釋、說明。

例：**昨日会社を早退しました。頭が痛かったんです。**

（我昨天提早下班，因為頭痛。）

ウ.說話者解釋情況，以請求對方的許可、幫忙，通常以
「…んですが、…」的句型呈現。

例：**頭が痛いんです<u>が</u>、今日は早く帰ってもいいですか**
（我頭痛，今天可不可以早點走？）

❸ 「…のだ」一般前接常體，但如果遇到名詞句或ナ形容
詞句時，必須比照「…ので」，作「<u>名詞／ナ形容詞語幹＋
な＋のだ</u>」。

プチテスト （小測驗）

(1) 私は、きのう　夜の　11時に　友だち＿＿＿　来られて、こまって　しまった。

(2) 私は、母に　買い物に　行＿＿＿＿＿＿＿。

(3) 山本さんは　試験が　近い＿＿＿＿、まだ　ぜんぜんべんきょうして　いません。

(4) あした　10時から　大切な　かいぎ＿＿＿　行われます。

(5) 電車の　じこが　あった＿＿＿＿＿＿、じゅぎょうに　おくれた。

(6) へやは　とても　しずか＿＿＿のに、ねむる　ことが　できない。

(7) 家を　建てる＿＿＿＿＿＿、お金を　借りました。

- 168 -

42 様態

(1)

▶ ・・・そうだ。

あめ ふ
雨が降りそうだ。

好像快下雨了。

1. 之前介紹過表示「傳聞」的助動詞「そうだ」註:參見本書p.123,另外還有表示「樣態」的用法,此時的意思是說話者根據目前的事物進展狀況或眼前事物給人的感覺,認爲好像是這樣、或認爲有此可能性,相當於中文的「看起來像是～」「好像就要～」。

2. 表示「樣態」的「そうだ」,前面只能接形容詞和動詞,而且接續方式非常特別。

ア.形容詞:語幹+「そうだ」

例:わあ、このケーキはおいしそうだ。----イ形容詞
（哇!這塊蛋糕看起來好好吃哦。）

あちらはにぎやかそうですね。----ナ形容詞
（那邊看起來很熱鬧耶。）

イ.動詞:ます形去掉「ます」+「そうだ」

例:あの木が倒れそうです。
（那棵樹像是快倒了。）

❸ 除了接續方式與表示「傳聞」時不同之外，表示「樣態」的「そうだ」還可置於句中修飾後面的名詞、形容詞或動詞，此時「そうだ」的活用變化相當於ナ形容詞。

例：おいし<u>そうな</u>ケーキ　（看起來好好吃的蛋糕）
　　おいし<u>そうに</u>食べる　（吃得津津有味的樣子）

❹ 和ナ形容詞一樣，在會話中，「そうだ」句尾的「だ」經常脫落。
例：あの人は悲（かな）しそう（だ）。
　　（那個人看起來好像很傷心。）

❺ 表示樣態的「そうだ」，和表示推量的「ようだ、らしい」，在用法上可簡單區別如下。

例：彼は熱（ねつ）がありそうだ。　（他看起來好像發燒。）
　　　----第一眼印象
　　彼は熱があるようだ。　（他好像發燒了。）
　　　----藉由摸額頭等實際的感覺作推斷
　　彼は熱があるらしい。　（他好像發燒了。）
　　　----聽到別人說而做的推測

43 比況

（1）

▶ ・・・ようだ。

ほおが赤（あか）くてりんごのようです。

両頬紅得像蘋果一樣。

❶ 之前介紹過表示「推量」的助動詞「ようだ」註：參見本書p.126，另外還有表示「比況」的用法，這是一種直接對事物進行比喻的說法，相當於中文的「好像～」「就像～一樣」。

❷ 作「比況」用法的「ようだ」通常前接名詞和動詞，接續方式為連體修飾。

例：林さん、日本語が上手（じょうず）ですね。日本人のようです。
（林先生，你的日語說得真好，就像是日本人一樣。）
田中さんはいま起（お）きたようです。
（田中先生像是剛剛才睡醒的樣子。）
あの二人の会話（かいわ）はけんかをしているようです。
（他們兩個人的對話，就像在吵架一樣。）

❸ 作「比況」用法的「ようだ」經常與副詞「まるで」一起構成「まるでNのようだ」的句型，用來強調比喻，有時也可省略「のよう」，此時有加強比喻的用意。

例：きょうは暑くてまるで夏のよう（だ）。

（今天很熱，像是夏天一樣。）

まるで昨日のこと（のよう）だ。

（簡直像昨天才發生的事。）

❹ 「ようだ」作推量用法時只能置於句尾，作比況用法時
則可置於句中，修飾後面的名詞、形容詞或動詞，此時
「ようだ」的活用變化相當於ナ形容詞。

例：あの子のほおはりんごのように赤い。

（那個孩子的臉頰就像蘋果般紅潤。）

田中さんはお化けを見たような顔をしています。

（田中先生臉上一副看到鬼似的神情。）

❺ 跟「ようだ」作推量用法時一樣，作比況用法時，會話
中同樣可以用「みたいだ」來代替「ようだ」，接續方式
請參見本書p.127。

例：きょうは暑くてまるで夏みたい（だ）。

（今天熱得簡直像是夏天一樣。）

44 條件句

（1）

▶ ・・・と、・・・。

春になると、<ruby>花<rt>はな</rt></ruby>が<ruby>咲<rt>さ</rt></ruby>きます。

春天一到，花就開。

1.「と」爲表條件的<u>接續助詞</u>，前接各種述語的常體非過去式，表示當前句條件一成立，後句的狀況也就成立。

　ア.表示恆常、反覆現象的成立條件：後句爲非過去式，用於描述自然現象(如標題句)、常理、習慣等，可譯爲「一…就…」。

　　例：<ruby>満腹<rt>まんぷく</rt></ruby>だと<ruby>眠<rt>ねむ</rt></ruby>くなる。　　（一吃飽就想睡覺。）

　　　　<ruby>課長<rt>かちょう</rt></ruby>は<ruby>機嫌<rt>きげん</rt></ruby>が悪いと<ruby>叱<rt>しか</rt></ruby>ります。

　　　　（課長心情一不好，就會罵人。）

　　　　<ruby>毎朝<rt>まいあさ</rt></ruby>起きるとコーヒーを１杯飲みます。

　　　　（每早一起床就喝一杯咖啡。）

　イ.表示可預測的事實的成立條件：後句爲非過去式，用於描述尙未、但在前句獲得執行的情形下，一定會成立的事件，可譯爲「做…，就(能)…」。

　　例：コインを<ruby>いれ<rt>い</rt></ruby>ると、飲み物が<ruby>出<rt>で</rt></ruby>てくる。

　　　　（投入硬幣，飲料就會掉出來。）

この道に沿って行くと、忠孝東路に出ます。

（沿著這條路走，就可以到忠孝東路。）

ウ.表示已發生事實的成立條件：後句為過去式，前後句時態雖不同，但皆為已發生的事。說明因某動作的執行而意外發生、發覺的事件。

例：窓を開けると、雪が降っていた。

（打開窗時，發現在下雪。）

❷「と」的典型用法為恆常的確定條件，因此即使用於尚未成立的事實，其結果也必須是可預見的。所以「と」前面不能接如「もし」等不確定的假設，後面也不可以是成立與否尚不確定的命令、請求、勸誘、意志、希望等句子。

例：（×）もしコインを入れると飲み物が出てくる。

（×）明日いい天気だとハイキングに行きましょう。

（×）雨が降ると、帰りたい。

もっと☀

「と」除了表條件的用法之外，當後句為過去式時，另有表示同一動作主體的連續動作，作「繼起」的用法。

例：男はかぎを取り出すと、ドアを開けた。

（男子取出鑰匙，隨即打開了門。）

（2）
▶ ・・・（れ）ば、・・・。

ちりも積^つもれば山^{やま}となる。

積少成多。

❶「ば」也是表條件的<u>接續助詞</u>，前接述語的接續方式非常特殊，故以「ば形」稱呼之。各種類語詞的ば形變化規則，請見 p.177。

❷「ば形」的典型用法是表示「假設」，具有強調只要前句條件成立，後句就成立之意，可譯爲「只要…就…」。

ア.前後句爲恆常的、反復的關係：用法大致和「と」的ア項用法一樣，但諺語、格言等較常用「ば」(如標題句)。

イ.表示可預測的事實的成立條件：用法大致和「と」的イ項用法一樣。

例：**この道に沿って行けば、忠孝東路に出ます。**

（只要沿著這條路走，就可以到忠孝東路。）

ウ.表示假設條件：前後句爲假設關係，不確定是否會發生，可與「もし」等表假設的詞並用，譯爲「如果…的話，就…」。

例：**天気^{てんき}がよければ、ここから海^{うみ}が見えます。**

（如果天氣好的話，從這裡可以看得到海。）

明日もし雨が降れば、どうしますか。

（明天如果下雨的話，要怎麼辦呢？）

オ.表示反事實的條件：意指若是與事實相反的條件下，就能實現某願望，句尾常是表不滿現況的「のに」，可譯為「如果…的話，就能…了」。

例：お金があれば、買えるのに。
（如果有錢的話，就能買了。）

朝一番のバスに乗れば、授業に間に合ったのに。
（如果有搭上最早的一班公車，就會來得及上課了。）

❸ 表此用法的「ば」，前後句為假設關係，所以後句原則上不會出現過去時態。

例：（×）コインを入れれば、飲み物が出てきた。

❹ 表示假設條件的「ば」，通常只有在前句假設句為名詞、イ形容詞、ナ形容詞、動詞的「ある」等狀態性述語時，才合適後接命令、請求、勸誘、意志、希望等說話者的主觀意見。

例：（×）台湾へ来れば、連絡してください。
（○）時間があれば、連絡してください。
（如果有時間，請跟我連絡。）

■　ば形の活用

買_かえば、食_たべれば、来_くれば、すれば
安_{やす}ければ、よければ、きれいなら（ば）

❶ 動詞「ば形」的接續規則如下——

　ア.第一類動詞：語尾ウ段音改成エ段音，然後加「ば」

買_かう	行_いく	話_{はな}す	頑張_{がんば}る
↓	↓	↓	↓
買えば	行けば	話せば	頑張れば

　イ.第二類動詞：語尾「る」去掉，直接加「れば」

食_たべる	見_みる	考_{かんが}える
↓	↓	↓
食べれば	見れば	考えれば

　ウ.第三類動詞：不規則變化

くる（来る）	する	紹介_{しょうかい}する
↓	↓	↓
くれば（来れば）	すれば	紹介すれば

❷ 形容詞「ば形」的接續規則如下——

　ア.イ形容詞：語尾「い」去掉，直接加「ければ」

安い ↓ 安ければ	よい ↓ よければ	おいしい ↓ おいしければ

ㄅ.ナ形容詞：語尾「だ」去掉，直接加「なら(ば)」，但
「ば」經常省略

きれい(だ) ↓ きれいなら(ば)	賑やか(だ) ↓ 賑やかなら(ば)	元気(だ) ↓ 元気なら(ば)

❸ 名詞雖然沒有活用變化，但也可以在後面直接加上「な
ら(ば)」，與ナ形容詞作相同的句型表現。

学生 ↓ 学生なら(ば)	雨 ↓ 雨なら(ば)

例：**明日いい天気**なら(ば)、**ハイキングに行きましょう。**
　　(明天如果是好天氣，我們去郊遊吧。)

（3）

▶ ・・・たら、・・・。

10時になったら、出かけましょう。

10點一到，我們就出門吧。

❶ 「たら」也是表條件的<u>接續助詞</u>，接續方式同た形，主要用於表示個別情況下的條件，而且後句經常是說話者主觀的命令、請求、意志、希望等，可譯為「一…，就…」。

ア.表示假設條件：用法大致和「ば」的ウ項用法一樣，前句為假設的情境條件。

例：もっと安かったら買います。

（再便宜一點就買。）

台湾へ来たら、連絡してください。

（如果有空，請跟我連絡。）

イ.表示確定的條件：前句為確定會成立的情況(如標題句)，可譯為「…之後就…」。

例：授業が終わったら、食事に行きましょう。

（下課後一起去吃飯吧。）

ウ.表示可預測事實的成立條件：用法大致和「と」的イ項用法一樣，可代換。

例：コインをいれたら、飲み物が出てくる。

（投入硬幣，飲料就會掉出來。）

この道に沿って行ったら、忠孝東路に出ます。

（沿著這條路走，就可以到忠孝東路。）

エ.表示已發生事實的成立條件：前後句皆已發生，用法
大致同「と」的ゥ項用法(表示意外發生、發覺某事)。

註：「と」表事實條件的用法較常出現在小說裡，而「たら」
表事實條件的用法較常出現在口語裡。

例：**窓を開けたら、雪が降っていた。**

（打開窗，發現雪下了一陣子。）

オ.表示反事實的條件：用法大致和「ば」的ェ項用法一
樣，可代換。

例：**お金があったら、買えるのに。**

（如果有錢的話，就能買了。）

❷ 注意！「たら」的典型用法是表個別情況下的條件，並
沒有表恆常的自然現象或一般法則的用法，但表個人
每天的習慣時，仍可用「たら」。

例：（×）**春になったら花が咲きます。**

（×）**ちりも積もったら、山となる。**

（○）**毎朝起きたら、コーヒーを一杯飲みます。**

（每早一起床就喝一杯咖啡。）

(4)

> **・・・なら、・・・。**

A：ちょっとスーパーへ行って来る。

B：スーパーへ行く(の)なら、しょうゆを
買ってきて。

　　　我去超市一下。
　　　若你要去超市的話，幫我買醬油回來。

❶「なら」也是表條件的<u>接續助詞</u>，但主要用法是承接對方的發言內容，以作爲請求、建議、命令，亦或表明自己的意志，後句因此經常是「～てください」「～なさい」(標題句句尾便是省略了「ください」)，可譯爲「如果…的話，就…」。

❷「なら」亦常以「のなら」的形態出現，兩者意思大致相同。口語表達時，「のなら」經常說成「んなら」。

　例：スーパーへ行くんなら、しょうゆを買ってきて。

❸「なら」的接續方式，原則上是「常體＋なら」，時態爲非過去式或過去式皆可。這是因爲不同於「と、ば、たら」的前句條件一定比後句先發生，「なら」的前句既可能比後句先發生，也可能晚於後句發生。

　例：日本へ行くなら、カメラを持って行きなさい。
　　　（如果你要去日本的話，帶相機去。）
　　　　　　　　　　　　　　　----後句早於前句

日本へ<u>行った</u>なら、ぜひ本格的^{ほんかくてき}なラーメンを食べて
みて（ください）。

（如果你到了日本，一定要嚐嚐道地的拉麵。）

----前句早於後句

❹ 但如果「なら」前接的是名詞句或ナ形容詞句的常體非
過去式時，則要去掉句尾的「だ」再接「(の)なら」，作
「Ｎ(の)なら」、「Ｎａなら」或「Ｎａなのなら」。

例──

A：わあ、きれい。

（哇，好漂亮！）

B：<u>好き（なの）</u>なら、あげましょう。

（你喜歡的話，送給你吧。）

(4-1)

■ なら［主題］

A：時計を買いたいんですが。

B：時計なら、スイス製がいい。

我想買隻錶。
手錶的話，瑞士製的不錯。

❶ 「なら」另外也可表示主題，和「は」一樣用於限定句子敘述的範圍，此時前面通常是「名詞」，中文可譯爲「如果是～的話」。這個用法是「と、ば、たら」所沒有的。例——

A：今日の新聞はどこですか。

（今天的報紙在哪？）

B：新聞なら、トイレにありませんか。

（報紙，不在廁所嗎？）

（1）

■ 尊敬語

先生は何時ごろお帰りになりますか。
〔せんせい〕〔なんじ〕　　〔かえ〕

老師幾點左右回家呢？

❶ 日語的敬語表現共分成尊敬語、謙讓語、丁寧語、美化語四種。註：平成19年，日本文化廳另從謙讓語中分出「丁重語」，所以亦有一說是五種。

❷ 首先是「尊敬語」，作用是<u>以較尊敬的表達形式對動作或狀態的主體表示敬意</u>，常見以下幾種形式。

ア.「お＋Ｖます＋になる」：將對方的動作改成ます形去「ます」，前面加「お」表示敬意，後接「になる」作客觀敘述，表示是對方的行為。

例：　帰る　　→ 帰り　　→ お帰りになる

　　　待つ　　→ 待ち　　→ お待ちになる

　　　教える　→ 教え　　→ お教えになる

> 但此用法有下列兩種情形不適用。
> ①第三類動詞「来る」和「する」，以及只有兩個音的第二類動詞「いる・見る・着る・寝る・出る…」等。
> ②已有特殊尊敬動詞對應的各類動詞，如「言う・行く・食べる・くれる・知っている…」等。

ロ.「ご＋漢語動詞＋になる」：漢語動詞時則是去掉す
る，在此動作名詞前面接「ご」，後接「になる」。

例： 　説明する　　→ 説明　　→ ご説明になる
　　　研究する　　→ 研究　　→ ご研究になる

ウ.特殊尊敬動詞：動詞本身就是尊敬語的特殊動詞。

一般動詞		特殊尊敬動詞
来る、行く、いる	→	いらっしゃる＊いらっしゃ<u>い</u>ます
する	→	なさる＊なさ<u>い</u>ます
言う	→	おっしゃる＊おっしゃ<u>い</u>ます
見る	→	ご覧になる
寝る	→	お休みになる
食べる、飲む	→	召し上がる
くれる	→	くださる＊くださ<u>い</u>ます
知っている	→	ご存知だ（尊敬表現）

註：「いらっしゃる、なさる、おっしゃる、くださる」的ます
　　形屬於特殊變化。

エ.動詞的被動形態：動詞被動形也可以作尊敬動詞使
用，敬意程度雖不如「お＋Vます＋になる」及特殊尊
敬動詞高，使用卻很頻繁。特別是不能作「お／ご〜に
なる」形式或無特殊尊敬形式的動詞（如「出る」），
便必須採取這個形式。

例： 出る　　　→　　出られる

買う　　　→　　買われる

教える　　→　　教えられる

❸ 名詞的尊敬形式則是在屬於對方的事物前加「お」或「ご」，表示對對方的敬意。一般而言，和語前加「お」，漢語前加「ご」。

例：お名前_{なまえ}　（貴姓大名）　　ご両親_{りょうしん}　（您的雙親）

お宅_{たく}　（貴府）

❹ 除了在前面加「お」或「ご」之外，也有一些名詞本身就是敬語表現。在3、4級文法中出現的就有「こちら、そちら…どなた、方_{かた}、～さん」等等。

もっと☀

所謂「和語」是指日本固有的語詞，包括只能以平假名標示的「助詞（は、が、を）、擬聲擬態語（ぼろぼろ、ぴかぴか）」以及雖可以用漢字標示，但其漢字必須以訓讀來唸的「みち（道）、やま（山）、のぼる（登る）、さむい（寒い）、しずか（静か）」等；而「漢語」是指自中國傳入的語詞，通常以漢字標示，其漢字必須以音讀來唸，例如「道路（どうろ）、登山（とざん）、寒波（かんぱ）、静聴（せいちょう）、研究する（けんきゅうする）」等。

（2）

■ 謙譲語

せんせい ほん か
先生に本をお借りしました。

向老師借了書。

❶ 所謂「謙讓語」，指的是貶低動作的主體，相對地對動作的對象(或聽者)表示敬意，常見以下幾種形式。

ア.「お＋Ｖます＋する」：將自己的動作改成ます形去「ます」，前面加「お」，後接「する」表示是自己的行爲。

例：　待つ　　→ 待ち　　→ お待ちする
　　　借りる　→ 借り　　→ お借りする
　　　教える　→ 教え　　→ お教えする

　但此用法有下列兩種情形不適用。
　①第三類動詞「来る」和「する」，以及只有兩個音的第二類動詞「いる・見る・着る・寝る・出る…」等。
　②已有特殊謙讓動詞對應的各類動詞，如「言う・行く・食べる・もらう・知っている…」等。

イ.「ご＋漢語動詞＋する」：漢語動詞時則是去掉する，在此動作名詞前面接「ご」，後接「する」。

例：　説明する　　→ 説明　　→ ご説明する
　　　紹介する　　→ 紹介　　→ ご紹介する

ウ.特殊謙讓動詞：動詞本身就是謙讓語的特殊動詞。

一般動詞		特殊謙讓動詞
来る、行く	→	参る*
いる	→	おる
する	→	いたす
言う	→	申し上げる、申す
見る	→	拝見する
食べる、飲む	→	いただく
もらう	→	差し上げる
知っている	→	存じている

註：「おる、いたす、申す」在敬語五大類分法中，被歸類
到「丁重語」；「参る」則是有謙讓語與「丁重語」兩
種用法。所謂「丁重語」簡單說就是謙稱關於自己的
事物行為，對聽者表示敬意。

❷「お/ご～する」中的「する」，也可改用「いたす」代替，
後者的謙讓表現更客氣。

例： お待ちする　　→　　お待ちいたす

ご紹介する　　→　　ご紹介いたす

❸ 名詞時的作法則是在我方的動作性名詞（但必須和對
方有關）之前加「お」或「ご」，表示謙遜，同樣可以表
達對對方的敬意。

例：先生、ちょっとご相談があるんですが。

（老師，我有些事想和您談談。）

■ 丁寧語

どなたですか。

請問您是哪位？

❶ 所謂「丁寧語」，指的是使用比較禮貌性的說法，對聽者表示敬意。主要形式有「です」「ます」和「でございます」。

ア.「です」：用於名詞述語和形容詞述語中

例：あの人は先生です。 （那個人是老師。）

この花は美しいですね。 （這花好美對吧。）

勉強がきらいです。 （我不喜歡唸書。）

イ.「ます」：用於動詞述語中

例：これから出発します。 （現在就出發。）

ウ.「でございます」：用法同「です」，但更有禮貌，對象通常為客人或上司。例——

客 ： 靴売り場はどこですか。（鞋子賣場在哪裡？）

店員: 一階でございます。 （在一樓。）

❷ 動詞的「ある」除了丁寧語「あります」之外，還有個更禮貌的說法「ございます」，也是對客人或上司時才使用。

例：ご用がございましたら、ベルを押してください。

（如果有事，請按鈴。）

(4)

■ 美化語

おしょうゆを買^かってきて。

去買醬油回來。

❶ 所謂「美化語」，指的是單純美化詞語，使聽起來較鄭重或高雅，並非對誰表示敬意。作法是在名詞前加「お」或「ご」，作「おN」或「ごN」。

例：お花見_{はな み}　（賞花）　　ご飯_{はん}　　（飯）

　　お酒　　（酒）　　　　ご馳走_{ち そう}　（大餐）

　　おしょうゆ　（醬油）

❷ 原則上，「お」主要接「和語」，「ご」接「漢語」，但也有一些日常化的漢語加「お」已成了慣例，例如「お時間_{じ かん}、お天気_{てん き}、お電話_{でん わ}…」。

❸ 留意不要隨意濫用。一般說來，不置於外來語、動植物名之前。

例：（○）お茶　（茶）　　　（×）おジュース

　　（○）お店　（商店）　　（×）おスーパー

　　　　　　　　　　　　　（×）お犬_{いぬ}

　　　　　　　　　　　　　（×）お桜_{さくら}

46 接尾語

(1)

■ 形容詞語幹＋さ

賑やかさではここが一番だ。

論熱鬧程度，這裡是第一。

❶ 除了第三人稱的「～がる」之外，還有幾個常見的接尾語，「～さ」就是其一，表程度，相當於中文的「～的程度」。使用時接在形容詞語幹之後，使形容詞名詞化。

例：　深い　　　→　　深さ　　（深度）
　　　嬉しい　　→　　嬉しさ　（高興程度）
　　　元気(だ)　→　　元気さ　（朝氣）

例：この暑さは普通ではない。
　　（這不是普通的熱。）

❷ 「賑やかさでは」的「では」，表示話題的範圍，中譯為「若論～、在～方面、關於～」。「～で～が一番…」為「三者以上擇一」的比較句型。註：參見P.14〈比較〉。

もっと☀

　　2級生字中有類似的接尾語「み」，用法和接續都跟「さ」一樣，但「さ」是指外顯的特質；「み」則偏重形容詞內在蘊含的性質。
例：甘み（甜味）　面白み（趣味）　重み（沈甸感）

（2） ■ Ｎ＋らしい

いかにも南国<ruby>南国<rt>なんごく</rt></ruby>らしい景色<ruby>景色<rt>けしき</rt></ruby>だ。

完全就是典型的南國風光。

❶ 這裡的「らしい」不是之前學的推量助動詞，而是接尾語，接在名詞後面，表示符合該名詞所指的典型特質。活用方式同イ形容詞。

例：**男<ruby>男<rt>おとこ</rt></ruby>らしい** （有男子氣慨的）

男らしい人 （有男子氣慨的人）

男らしくて振舞<ruby>振舞<rt>ふるま</rt></ruby>う （表現得像個男人）

❷ 「いかにも」為副詞，相當於中文的「真的、實在、完全」。

もっと☀

另有類似的接尾語「っぽい」，為２級生字。用法和接續都跟「らしい」一樣，但「らしい」是指符合其典型特質；「っぽい」是指具有某種傾向、特質，常用於貶義。

例：子供らしい ----像孩子(般天真活潑)的樣子

子供っぽい ----孩子氣

（3）

■ Ｖ^{ます}＋かた

この料理の作り方を教えてください。

請教我這道菜的做法。

接尾語

1. 接尾語「方」表示方法或手段，使用時接在去掉ます的動詞ます形後面，將動詞名詞化。

例：**使い方** （用法）
話し方 （說法）
食べ方 （吃法）

2. 第三類動詞中的する動詞，在後接「方」時，通常會改成名詞，以「動作性名詞＋の＋しかた」的方式表現。「しかた」為名詞，意思是方法、手段。

例：**勉強する** → **勉強の仕方** （讀書的方法）
買い物する → **買い物の仕方** （購買方式）

47 終助詞

（1）　▶　　…の。

あなたも一緒に行くの。
いっしょ い

你也一起去嗎？

❶ 表示疑問的終助詞，除了「か」之外，口語裡還有幾種
表達方式。這些詞語的共通點是適用於熟人之間，所
以都是作常體，不像「か」既可接常體也可接敬體。

例：（×）あなたも一緒に<u>行きますの</u>。

❷ 終助詞「の」可以看成是「…のですか」的常體表現(源自
「…のだ」，參見P.166)，亦可作「…のか」，但較屬於男
性用法，不如用「…の」普遍。

例：あなたも一緒に行く<u>の（です）か</u>。

❸ 「の」接在句子後時，一般是作常體接續；但如果是名
詞和ナ形容詞句，則必須改成「名詞/ナ形容詞＋な」，
然後再接表疑問的「の」。

例：あの人は誰<u>な</u>の。　　（那個人是誰？）

❹ 以疑問終助詞「の」結尾的疑問句，句尾聲調必須上揚。

例：あなたも一緒に行くの。　⤴

（2）　▶ ・・・かい。

このウィスキー、飲^のむかい。

これ威士忌，你喝嗎？

1. 「かい」亦可表疑問，屬於會話用語中的男性用語，通常只限年長男性對年少男性使用。

2. 含「かい」的疑問句要用上升的語調唸。
例：あの人は先輩^{せんぱい}かい。↗
　　（那個人是前輩嗎？）

3. 「かい」前面只接述語的常體形，但是在遇到名詞句和ナ形容詞句時，句尾的「だ」會脫落。即「名詞＋かい」「な形容詞語幹＋かい」。
例：もういいかい。　　（已經可以了嗎？）
　　夜は静かかい。　　（夜晚安靜嗎？）

（3）

▶ ・・・だい。

どうしたんだい。

怎麼了？

❶ 「だい」和「かい」一樣是男性會話用語，但用法略顯老氣。常與強調語氣的「の」並用，作「…んだい」的形式。

❷ 一般使用「だい」的情形，多半是出現在含有疑問詞的疑問句裡，句尾聲調上揚。

例：**誰**と一緒に行くんだい。⤴

❸ 「だい」前接常體的方式和「かい」一樣，亦即在遇到名詞句和ナ形容詞句時，句尾的「だ」也會脫落。

例：(×)あの人は**誰**<u>だ</u>だい。

　　(○)あの人は**誰**だい。

　　　（那個人是誰？）

プチテスト (小測驗)

(1) あそこの　かどを　右へ　まがる____、こうえんが
あります。

(2) 今度の　日曜日　ひま_____　コンサートに　行き
ませんか。

(3) あの　人は　お医者さん　____ようですね。

(4) わたしは、先生の　おたくで　おいしい　お酒を
_____。

(5) その　かばんの　軽____　に　おどろいた。

(6) さびし_____　電話を　ください。

(7) 「あ、これ　おいしそうだね。食べても　いいの。」
「だめよ。お客さまに　_____　ものだから。」

參考書籍

❏日本国際教育支援協会、国際交流基金
《日本語能力試験　出題基準》凡人社

❏国際交流基金
《教師用日本語教育ハンドブック3 文法Ⅰ助詞の諸問題》凡人社
《教師用日本語教育ハンドブック4 文法Ⅱ助動詞を中心にして》凡人社

❏庵功雄、高梨信乃、中西久実子、山田敏宏
《初級を教える人のための日本語文法ハンドブック》
《中上級を教える人のための日本語文法ハンドブック》スリーエーネット
ワーク

❏グループ・ジャマシイ
《教師と学習者のための日本語文型辞典》くろしお出版

❏益岡隆志、田窪行則
《日本語文法セルフマスターシリーズ3 格助詞》くろしお出版

❏蓮沼昭子、有田節子、前田直子
《条件表現》くろしお出版

❏友松悦子
《どんなときどう使う日本語表現文型200》アルク

❏新屋映子、姫野供子、守屋三千代
《日本語教科書の落とし穴》アルク

❏森田良行、松木正恵
《NAFL日本語表現文型　用例中心・複合辞の意味と用法》アルク

❏田中稔子
《田中稔子の日本語の文法―教師の疑問に答えます》日本近代文芸社

❏酒入郁子、桜木紀子、佐藤由紀子、中村貴美子
《外国人が日本語教師によくする100の質問》バベルプレス

❏新美和昭、山浦洋一、宇津野登久子
《外国人のための日本語4　複合動詞》荒竹出版

❏名柄迪、広田紀子、中西家栄子
《外国人のための日本語2　形式名詞》荒竹出版

❏平林周祐、浜由美子
《外国人のための日本語　敬語》荒竹出版

❏森田良行
《日本語の類義表現》創拓社
《基礎日本語辞典》角川書店

❏文化庁
《外国人のための基本用語用例辞典(第二版)》鴻儒堂

❏スリーエーネットワーク
《大家的日本語　文法解説書》大新書局

❏蔡茂豐
《現代日語文的口語文法》大新書局

❏謝逸朗
《明解日本口語語法－助詞篇》文笙書局

❏林錦川
《日語語法之分析①動詞》文笙書局
《日語語法之分析⑤助詞》文笙書局

❏楊家源
《日語照歩走》宇田出版社

日本語能力試験

3級・文法テスト （平成18）

問題Ⅰ ＿＿＿の ところに 何を 入れますか。1・2・3・4
　　　から いちばん いい ものを 一つ えらびなさい。

(1) バスが 何時に 来る＿＿＿＿ わかりません。

　　 1 か　　　 2 は　　　 3 の　　　 4 を

(2) だれかの ないて いる 声＿＿＿＿ 聞こえます。

　　 1 を　　　 2 が　　　 3 のが　　 4 のを

(3) 料理を 作る＿＿＿＿ 1時間 かかります。

　　 1 を　　　 2 に　　　 3 のを　　 4 のに

(4) 今度 国に 帰る こと＿＿＿＿ なりました。

　　 1 が　　　 2 に　　　 3 を　　　 4 で

(5) いろいろ さがした＿＿＿＿ 見つからないんです。

　　 1 のに　　 2 ので　　 3 のを　　 4 のが

(6) はじめは ことばも わからない＿＿＿＿、友だちも

　　 いない＿＿＿＿、ほんとうに たいへんでした。

　　 1 や／や　　　　　　 2 し／し

　　 3 ても／ても　　　　 4 たり／たり

(7)　わたしの　へやは　姉の　へや_____　広くない。

　　1　だけ　　　2　けど　　　3　ほど　　　4　でも

(8)　かれは　同じ　小説を　5回_____　読んだ。

　　1　も　　　　2　が　　　　3　で　　　　4　しか

(9)　だれかに　さいふ_____　とられた。

　　1　の　　　　2　に　　　　3　か　　　　4　を

(10)　カメラは　持って　来なく_____　かまいません。

　　1　では　　　2　でも　　　3　ては　　　4　ても

(11)　カトレア_____　いう　店を　知って　いますか。

　　1　と　　　　2　が　　　　3　に　　　　4　を

(12)　わたしは　どこ_____　ねられます。

　　1　など　　　2　でも　　　3　か　　　　4　は

(13)　もっと　大きい　字_____　書いて　ください。

　　1　で　　　　2　が　　　　3　か　　　　4　や

(14)　友だち_____　そうじを　てつだって　くれた。

　　1　を　　　　2　に　　　　3　が　　　　4　で

(15)　あと　5分_____　ありません。急ぎましょう。

　　1　ごろ　　　2　しか　　　3　だけ　　　4　で

問題Ⅱ ＿＿の ところに 何を 入れますか。1・2・3・4
　　　　から いちばん いい ものを 一つ えらびなさい。

(1)　この　レストランは　いつも　たくさん　人が　＿＿＿＿ね。

　　　1　ならべて　います　　　　2　ならべて　あります

　　　3　ならんで　います　　　　4　ならんで　あります

(2)　とちゅうで　雨が　＿＿＿＿　かもしれないから、かさ
　　　を　持って　行きましょう。

　　　1　ふった　　2　ふって　　3　ふり　　　4　ふる

(3)　この　店で　日本の　お金が　＿＿＿＿か。

　　　1　使います　2　使えます　3　使うんです　4　使ってです

(4)　すみません、きっぷの　＿＿＿＿方を　教えて　ください。

　　　1　買った　　2　買って　　3　買い　　　4　買う

(5)　きょう　わたしは　先生に　＿＿＿＿ました。

　　　1　ほめさせて　2　ほめられ　3　ほめて　　4　ほめ

(6)　仕事を　つづけるのは　＿＿＿＿と　思う。

　　　1　むりで　　2　むりに　　3　むりだ　　4　むりな

(7)　たばこの　＿＿＿＿すぎは　よくないですよ。

　　　1　すい　　　2　すう　　　3　すって　　4　すった

(8) 夜は　暗くて　歩いて　いる　人が　_____にくいの
で、注意して　うんてんします。

　　1　見える　　2　見えた　　3　見えて　　4　見え

(9) あとで、すてるから、ごみを　_____　おいて　ください。

　　1　集まる　　2　集める　　3　集まって　4　集めて

(10) 父は　おもしろい　ことを　言って　よく　みんなを
_____。

　　1　わらわせる　　　　　　2　わらいたい

　　3　わらわれる　　　　　　4　わらえる

(11) らいしゅう　うちの　近くで　おまつりが　_____そう
です。

　　1　あって　　2　あるだろう 3　あった　　4　ある

(12) 毎日　れんしゅうしたので、_____ように　なりました。

　　1　およいで　2　およいだ　3　およげる　4　およぎ

(13) 外国語を　勉強しても、_____ば　わすれて　しまい
ます。

　　1　話さなく　2　話さない　3　話さないで 4　話さなけれ

(14) 山田先生は　いつも　_____そうな　本を　読んで　い
ます。

　　1　むずかしい　　　　　2　むずかしいの

　　3　むずかし　　　　　　4　むずかしく

(15) すぐ　へんじが　できないので、少し＿＿＿＿＿＿　くださ
い。

1　考えさせて　　　　　　　　2　考えさせられて

3　考えたくて　　　　　　　　4　考えたがって

問題Ⅲ ＿＿＿の ところに 何を 入れますか。1・2・3・4
　　　　から いちばん いい ものを 一つ えらびなさい。

(1) ゆきが たくさん ふった ＿＿＿＿＿ しあいが 中止
　　された。

　　1 ほど　　　2 ため　　　3 より　　　4 ばかり

(2) そつぎょうしてから 何を する ＿＿＿＿＿ですか。

　　1 こと　　　2 たい　　　3 ほしい　　4 つもり

(3) 銀行の 名前が かわった ＿＿＿＿＿ 知りませんでし
　　た。

　　1 ものを　　2 ことを　　3 ように　　4 のが

(4) 先生が なかなか 来ないので、学生が さわぎ＿＿＿＿＿。

　　1 つづいた　2 はじまった　3 おわった　4 だした

(5) しゃいん　「おきゃくさまが みえました。」
　　しゃちょう「わたしの へやに ＿＿＿＿＿。」

　　1 ごあんないでした

　　2 ごあんないました

　　3 ごあんないして

　　4 ごあんないになって

(6) これから 食事に 行く ＿＿＿＿＿ なんですが、いっ
　　しょに いかがですか。

　　　　1　ながら　　2　までに　　3　ところ　　4　ぐらい

(7)　日本に　りゅうがくして　いる　＿＿＿＿＿＿　ふじさん
　　　に　のぼりたい。

　　　　1　あいだに　2　ところが　3　まえに　　4　ことが

(8)　きのう　れんらくしたので、中山さんも　知って
　　　いる　＿＿＿＿＿です。

　　　　1　まま　　　　2　はず　　　3　つもり　　4　ため

問題Ⅳ　つぎの　会話の　＿＿＿には、どんな　ことばを　入れ
　　　　たら　いいですか。1・2・3・4から　いちばん　いい　もの
　　　　を　一つ　えらびなさい。

(1)　きゃく　「すみません、コーヒーと　サンドイッチを

　　　　　　　　　　＿＿＿＿＿＿＿。」

　　　　店員　「はい。かしこまりました。」

　　　1　くださいますよ　　　　　　2　おねがいします

　　　3　ございますね　　　　　　　4　めしあがります

(2)　A「ごはんを　食べてから、おふろに　入りますか。」

　　　B「いいえ、わたしは　＿＿＿＿＿＿＿。」

　　　1　ごはんの　まえに　入ります

　　　2　いつも　一人で　食べます

　　　3　食べた　あとで　入ります

　　　4　ごはんを　たくさん　食べません

(3)　A「電車が　なかなか　来ませんね。」

　　　B「前の　駅で　こしょうしたそうですよ。」

　　　A「＿＿＿＿＿＿　おくれて　いるんですか。」

　　　B「ええ、そうです。」

　　　1　もし　　　2　どうして　3　それで　　4　けれども

(4) 医者「ねつが　下がりましたね。でも、もう　少し
　　　　　　この　薬を　飲んで　ください。」

　　田中「うんどうを　しても　いいですか。」

　　医者「いいえ、まだ ＿＿＿＿＿＿＿＿。」

　　　1　して　ください　　　　　　2　しても　いいです

　　　3　しなくても　いいです　　4　しないで　ください

(5) 青木「川田さんは　ケーキを ＿＿＿＿＿＿＿＿か。」

　　川田「はい、一度だけ。でも、うまく　できません
　　　　　　でした。」

　　　1　作りたいです

　　　2　作るでしょう

　　　3　作った　ことが　あります

　　　4　作る　ことが　できます

正解：

問題 I

(1) 1	(2) 2	(3) 4	(4) 2
(5) 1	(6) 2	(7) 3	(8) 1
(9) 4	(10) 4	(11) 1	(12) 2
(13) 1	(14) 3	(15) 2	

問題 II

(1) 3	(2) 4	(3) 2	(4) 3
(5) 2	(6) 3	(7) 1	(8) 4
(9) 4	(10) 1	(11) 4	(12) 3
(13) 4	(14) 3	(15) 1	

問題 III

(1) 2	(2) 4	(3) 2	(4) 4
(5) 3	(6) 3	(7) 1	(8) 2

問題 IV

(1) 2	(2) 1	(3) 3	(4) 4
(5) 3			

日本語能力試験

3級・文法テスト　　（平成17）

問題I　＿＿＿の　ところに　何を　入れますか。1・2・3・4
　　　から　いちばん　いい　ものを　一つ　えらびなさい。

(1)　田中さんは　かいぎに　おくれて、社長＿＿＿＿＿　注意
　　　された。

　　　1　に　　　　2　の　　　　3　で　　　　4　を

(2)　小林さんは　どこへ　行った＿＿＿＿＿　わかりません。

　　　1　が　　　　2　の　　　　3　か　　　　4　を

(3)　日本人の　友だちも　できて、やっと　日本の　せいか
　　　つ＿＿＿＿＿　なれました。

　　　1　と　　　　2　に　　　　3　を　　　　4　や

(4)　レポートは　ペン＿＿＿＿＿　書いて　ください。

　　　1　か　　　　2　の　　　　3　が　　　　4　で

(5)　テレビを　見て＿＿＿＿＿　いると、目が　悪く　なりますよ。

　　　1　でも　　　2　ばかり　　3　しか　　　4　ぐらい

(6)　図書館の　前＿＿＿＿＿　通る　バスは　どれですか。

　　　1　へ　　　　2　で　　　　3　に　　　　4　を

(7)　きのう　買った　カメラ＿＿＿＿＿　ぬすまれて　しまいま
　　　した。

　　　1　で　　　　2　に　　　　3　を　　　　4　へ

(8) ゆうべは　ビールを　10本_____　飲んだので、頭が
いたい。

1　だけ　　　2　も　　　　3　しか　　　4　でも

(9) この　本は　あさって_____　かえして　ください。

1　ばかり　　2　まで　　　3　ばかりに　4　までに

(10) その　ことばは　発音が　むずかしいので、アナウン
サー_____　よく　まちがえます。

1　でも　　　2　にも　　　3　がも　　　4　からも

(11) かれらは　アジア_____　りゅうがくせいです。

1　にの　　　2　から　　　3　からの　　4　に

(12) たくさんの　料理が　あった_____、ぜんぶ　食べる
時間が　なかった。

1　のに　　　2　でも　　　3　ながら　　4　と

(13) おなかが　いたいから　半分_____　食べます。

1　だけ　　　2　しか　　　3　も　　　　4　と

(14) キムさん、田中さん_____　あした　10時に　来る　よう
に　言って　ください。

1　を　　　　2　に　　　　3　や　　　　4　の

(15) 先生は　今度の　土曜日は　ずっと　研究室_____
いらっしゃる　そうです。

1　は　　　　2　が　　　　3　を　　　　4　に

問題Ⅱ ＿＿の ところに 何を 入れますか。1・2・3・4
　　　から いちばん いい ものを 一つ えらびなさい。

(1) この へやに ＿＿＿＿ いけません。

　　1　入るは　　　　　　　　2　入っては

　　3　入りますは　　　　　　4　入らないは

(2) 前の 人に つづいて まっすぐ ＿＿＿＿なさい。

　　1　歩いた　　2　歩く　　3　歩き　　4　歩け

(3) その 映画は とても おもしろいので、一度 ＿＿＿＿

　　みて ください。

　　1　見た　　2　見て　　3　見ていて　4　見る

(4) 山田さんの アパートは ＿＿＿＿し、広いし、駅から

　　も 近い。

　　1　きれいな　　　　　　　2　きれい

　　3　きれいだ　　　　　　　4　きれいの

(5) あの 人は 30分 ずっと ＿＿＿＿つづけて いる。

　　1　話し　　2　話そう　　3　話す　　4　話さ

(6) 夏休みは 旅行に ＿＿＿＿と 思います。

　　1　行きましょう　　　　　2　行きます

　　3　行って　　　　　　　　4　行こう

(7) この きせつは たくさんの 人が 病気に ＿＿＿＿＿
やすい。

1 なり 　　　 2 なった 　　 3 なって 　　 4 なる

(8) 兄が けがを したので、あしたは アルバイトを
＿＿＿＿＿ ください。

1 休めさせて 　　　　　　 2 休むさせて

3 休みさせて 　　　　　　 4 休ませて

(9) 食事の 前には かならず 手を ＿＿＿＿＿なければ
なりません。

1 洗う 　　 2 洗い 　　 3 洗わ 　　 4 洗おう

(10) ここに 車を ＿＿＿＿＿。じゃまだ。

1 止まるな 　 2 止めるな 　 3 止めろな 　 4 止まれな

(11) あの 人は 入院して いるので、あしたの 旅行に
＿＿＿＿＿ はずがない。

1 来る 　　 2 来ます 　　 3 来て 　　 4 来た

(12) 急に 大きな 音が したので、その 子は ＿＿＿＿＿
ないて しまった。

1 こわかったがって 　　　 2 こわいがって

3 こわくがって 　　　　　 4 こわがって

(13) あ、たいへん。急いで 来たから さいふを ＿＿＿＿＿。

1 わすれなくちゃ 　　　　 2 わすれといて

3 わすれなきゃ　　　　　　　4 わすれちゃった

(14) ときどき　日本の　歌^{うた}を　＿＿＿＿　ことが　あります。

1 歌^{うた}うの　　　2 歌い　　　3 歌う　　　4 歌います

(15) あ、お金が　＿＿＿＿。

1 おちて　います　　　　　　2 おちて　あります

3 おとして　います　　　　　4 おとして　あります

問題Ⅲ ＿＿＿の ところに 何を 入れますか。1・2・3・4
　　　から いちばん いい ものを 一つ えらびなさい。

(1)　今日は　運動を　＿＿＿＿に　して　ください。

　　　1　しないで　2　しない　　3　しなさそう　4　しないよう

(2)　学校を　そつぎょうしても、日本語の　勉強を　つづ
　　　けて　＿＿＿＿　つもりだ。

　　　1　くる　　　　2　いく　　　　3　いこう　　4　こよう

(3)　にもつは　私が　来週の　月曜日に　おとどけ＿＿＿＿。

　　　1　くださいます　　　　　　　2　なさいます

　　　3　ございます　　　　　　　　4　いたします

(4)　学生＿＿＿＿　もっと　勉強しなさい。

　　　1　みたい　　2　みたいな　3　らしく　　4　らしい

(5)　いろいろ　しらべて、その　駅が　いちばん　べんりだ
　　　＿＿＿＿が　わかった。

　　　1　という　もの　　　　　　2　という　こと

　　　3　こと　　　　　　　　　　4　もの

(6)　小林さんが　＿＿＿＿、かならず　私に　知らせて　く
　　　ださい。

　　　1　来たら　　2　来ると　　3　来たり　　4　来るまま

(7) 私は　先生に　作文を　＿＿＿＿。

　　1　おなおしに　なりました

　　2　おなおし　しました

　　3　なおして　いただきました

　　4　なおして　いらっしゃいました

(8) みんなが　子どもの＿＿＿＿　元気に　歌いはじめ
た。

　　1　ように　　2　ぐらいに　3　ほどに　　4　そうに

問題IV　つぎの　会話の　____には、どんな　ことばを　入れ
　　　　たら　いいですか。1・2・3・4から　いちばん　いい　もの
　　　　を　一つ　えらびなさい。

(1)　先生　「上山くん、先週の　レポートは　終わったか
　　　　　　い。」
　　　上山　「ぼくは、今　やって　いる　_____が、
　　　　　　田中くんは　終わったそうです。」
　　　1　ようです　　　　　　　2　はずです
　　　3　ところです　　　　　　4　らしいです

(2)　A　「この　テストは、ひらがなで　書いても　いいです
　　　　　か。」
　　　B　「ええ、　_____。」
　　　1　だめですよ　　　　　　2　かまいませんよ
　　　3　書きますよ　　　　　　4　書きませんよ

(3)　A　「あした、いっしょに　出かけませんか。」
　　　B　「あしたは　友だちが　うちに　来る　よてい
　　　　　_____。」
　　　1　なんです　　　　　　　2　なんですから
　　　3　ので　　　　　　　　　4　からです

(4)　A「ゆうびんきょくの　電話ばんごうを　知って
　　　　いますか。」

　　B「いいえ、＿＿＿＿＿＿＿＿。」

　　1　知って　いません　　　　2　知りません

　　3　知りないです　　　　　　4　知って　いないです

(5)　木田「それ。林さんの　じしょですか。いい　じしょ
　　　　ですね。」

　　林　「ええ。兄が　私に　＿＿＿＿＿＿＿＿んです。」

　　1　いただいた　　　　　　2　もらった

　　3　あげた　　　　　　　　4　くれた

正解：

問題 I

(1) 1 (2) 3 (3) 2 (4) 4
(5) 2 (6) 4 (7) 3 (8) 2
(9) 4 (10) 1 (11) 3 (12) 1
(13) 1 (14) 2 (15) 4

問題 II

(1) 2 (2) 3 (3) 2 (4) 3
(5) 1 (6) 4 (7) 1 (8) 4
(9) 3 (10) 2 (11) 1 (12) 4
(13) 4 (14) 3 (15) 1

問題 III

(1) 4 (2) 2 (3) 4 (4) 3
(5) 2 (6) 1 (7) 3 (8) 1

問題 IV

(1) 3 (2) 2 (3) 1 (4) 2
(5) 4

３級・文法テスト　（平成１６）

問題Ｉ 　＿＿＿の　ところに　何を　入れますか。１・２・３・４

　　　　から　いちばん　いい　ものを　一つ　えらびなさい。

(1) じしん＿＿＿＿　ビルが　たおれました。

　　　1　を　　　　2　と　　　　3　に　　　　4　で

(2) いっしょに　コーヒー＿＿＿＿　いかがですか。

　　　1　で　　　　2　が　　　　3　にも　　　4　でも

(3) 来週　ここで　テニスの　試合<ruby>試合<rt>しあい</rt></ruby>＿＿＿＿　行<ruby>行<rt>おこな</rt></ruby>われます。

　　　1　を　　　　2　が　　　　3　に　　　　4　で

(4) じしょを　わすれたので、友だち＿＿＿＿　貸<ruby>貸<rt>か</rt></ruby>して　もら

　　った。

　　　1　へ　　　　2　に　　　　3　を　　　　4　か

(5) <ruby>私<rt>わたくし</rt></ruby>は、<ruby>中川<rt>なかがわ</rt></ruby>＿＿＿＿　もうします。

　　　1　の　　　　2　を　　　　3　と　　　　4　は

(6) せんぱい＿＿＿＿　<ruby>私<rt>わたし</rt></ruby>に　おみやげを　くださいました。

　　　1　が　　　　2　を　　　　3　で　　　　4　に

(7) ここを　おす＿＿＿＿、にんぎょうが　<ruby>動<rt>うご</rt></ruby>きます。

　　　1　の　　　　2　で　　　　3　と　　　　4　は

(8) 日本の 音楽（おんがく）は まだ 聞いた こと＿＿＿＿ ありま
せん。

1 を 　　　2 に 　　　3 で 　　　4 が

(9) だれ＿＿＿＿ まどを しめて ください。

1 は 　　　2 が 　　　3 か 　　　4 に

(10) プレゼントは 花＿＿＿＿ しましょう。

1 に 　　　2 が 　　　3 を 　　　4 も

(11) 楽（たの）しかった 旅行（りょこう）の こと＿＿＿＿ 思（おも）い出（だ）して います。

1 ながら 　2 ばかり 　3 しか 　　4 までに

(12) 私（わたし）は 母＿＿＿＿ なかせる ような ことは したく
ない。

1 へ 　　　2 を 　　　3 に 　　　4 の

(13) 空を 鳥（とり）が とんで いる＿＿＿＿ 見えます。

1 が 　　　2 を 　　　3 のが 　　4 のを

(14) ふうとう＿＿＿＿ 切手（きって）を はって ください。

1 に 　　　2 で 　　　3 を 　　　4 が

(15) おとした さいふ＿＿＿＿ あって、よかったですね。

1 が 　　　2 に 　　　3 を 　　　4 の

問題Ⅱ 　＿＿＿の　ところに　何を　入れますか。1・2・3・4
　　　　から　いちばん　いい　ものを　一つ　えらびなさい。

(1)　おきゃくさんが　来るから　テーブルの　上に　おさらを
　　　＿＿＿＿　おきます。

　　　1　ならべて　　　　　　　　2　ならんで
　　　3　ならべる　　　　　　　　4　ならぶ

(2)　テキストを　＿＿＿＿　答えて　ください。

　　　1　見なく　　2　見なくて　3　見ずに　　4　見ずで

(3)　むすこは　ひとりで　くつが　＿＿＿＿　ように　なりまし
　　　た。

　　　1　はけた　　2　はいた　　3　はかない　4　はける

(4)　私は　仕事を　＿＿＿＿　つもりです。

　　　1　やめない　　　　　　　　2　やめたい
　　　3　やめよう　　　　　　　　4　やめたくない

(5)　意見が　ある　方は、＿＿＿＿　ください。

　　　1　おっしゃりて　　　　　　2　おっしゃって
　　　3　おっしゃい　　　　　　　4　おっしゃり

(6)　＿＿＿＿ので、よく　パソコンを　使います。

　　　1　べんりで　2　べんり　　3　べんりな　4　べんりだ

(7) たぶん　明日も　風が　＿＿＿＿＿だろう。

1　強く　　　2　強い　　　3　強くて　　4　強いと

(8) ねる　前に　かならず　はを　＿＿＿＿＿　いけません。

1　みがけば　　　　　　　2　みがかないで

3　みがいても　　　　　　4　みがかなくては

(9) これから　パンを　＿＿＿＿＿　ところです。

1　やいている　　　　　　2　やけている

3　やく　　　　　　　　　4　やける

(10) コピーの　字が　＿＿＿＿＿すぎて、読めません。

1　うす　　　2　うすく　　3　うすい　　4　うすくて

(11) ここで　写真を　＿＿＿＿＿　だめだよ。

1　とって　　　2　とっちゃ　3　とるは　　4　とっちゃう

(12) みなさん、どうぞ　お＿＿＿＿＿　ください。

1　すわって　2　すわり　　3　すわる　　4　すわりて

(13) 図書館で　この　町の　れきしを　＿＿＿＿＿　ことが
できます。

1　しらべた　　　　　　　2　しらべられる

3　しらべる　　　　　　　4　しらべて

(14) 電車に　おくれる。＿＿＿＿＿。

1　急がず　　2　急ぐな　　3　急ぎ　　　4　急げ

- 224 -

⒂　6さいから　小学校に　_____はじめる。

1　通<small>かよ</small>わ　　　2　通う　　　3　通った　　　4　通い

問題Ⅲ　＿＿の　ところに　何を　入れますか。1・2・3・4
　　　　から　いちばん　いい　ものを　一つ　えらびなさい。

(1)　ネクタイ売り場は　2かいに　＿＿＿＿＿。

　　　1　あってございます　　　　2　おあります

　　　3　いらっしゃいます　　　　4　ございます

(2)　急に　雨が　ふり＿＿＿＿＿。

　　　1　つづけた　　2　だした　　3　でた　　　4　きた

(3)　めがねを　かけた＿＿＿＿＿　ねて　しまいました。

　　　1　あいだ　　2　ながら　　3　まま　　4　まえに

(4)　アルコールは　もう　飲まない　＿＿＿＿＿に　する。

　　　1　ところ　　2　ため　　3　こと　　4　もの

(5)　私の　へやの　＿＿＿＿＿は　この　へやと　だいたい
　　　同じです。
　　　1　広さ　　　2　広い　　　3　広く　　　4　広くて

(6)　中田さんが　大学を　そつぎょうできた＿＿＿＿＿　知っ
　　　て　いますか。

　　　1　ように　　2　かどうか　3　だろうを　4　ことが

(7)　先生は　もう　＿＿＿＿＿。

　　　1　お帰りいたしました　　　2　お帰りに　しました

3　お帰りされました　　　　4　お帰りに　なりました

(8)　私が　弟の　シャツを　洗って　＿＿＿＿＿。

　　　1　やった　　　　　　　　　2　くれた

　　　3　くださった　　　　　　　4　いただけた

問題Ⅳ つぎの 会話の ＿＿＿には、どんな ことばを 入れ
たら いいですか。1・2・3・4から いちばん いい もの
を 一つ えらびなさい。

(1) 大山「小川さん、この 本を 山田先生に わたして
　　　　　 くださいませんか。」
　　 小川「わかりました。あとで ＿＿＿＿＿＿＿。」
　　　1 おわたし します　　　2 おわたしに なります
　　　3 わたされます　　　　　4 わたして おります

(2) A「カメラを 買いたいんですが、どこが いいですか。」
　　 B「カメラを ＿＿＿＿＿＿＿、駅の そばの 店が 安
　　　　 くて いいですよ。」
　　　1 買うと　　2 買えば　　3 買ったら　　4 買うなら

(3) 中村「山川さん、にもつが 重くて たいへんでしたね。」
　　 山川「ええ。でも、友だちが くうこうまで 車で
　　　　　 送って ＿＿＿＿＿＿＿。」
　　　1 いただいたんです　　　2 くれたんです
　　　3 もらったんです　　　　 4 あげたんです

(4) A「あ、たいへんだ。この 車 ガソリンが ＿＿＿＿＿＿
　　　 よ。」
　　 B「ほんとうだ。早く 入れた ほうが いいですね。」

　　　　1　なくなる　らしいです　　2　なくなる　そうです

　　　　3　なくなる　はずです　　　4　なくなりそうです

(5)　A「きょうは、買_かい物_{もの}に　行きますか。」

　　　B「雨が　＿＿＿＿＿＿＿、お金も　ないので　行き

　　　　ません。」

　　　　1　ふって　いるし　　　　　2　ふって　いるのに

　　　　3　ふって　いるため　　　　4　ふって　いると

正解：

問題 I

(1) 4	(2) 4	(3) 2	(4) 2
(5) 3	(6) 1	(7) 3	(8) 4
(9) 3	(10) 1	(11) 2	(12) 2
(13) 3	(14) 1	(15) 1	

問題 II

(1) 1	(2) 3	(3) 4	(4) 1
(5) 2	(6) 3	(7) 2	(8) 4
(9) 3	(10) 1	(11) 2	(12) 2
(13) 3	(14) 4	(15) 4	

問題 III

(1) 4	(2) 2	(3) 3	(4) 3
(5) 1	(6) 2	(7) 4	(8) 1

問題 IV

(1) 1	(2) 4	(3) 2	(4) 4
(5) 1			

3級・文法テスト　（平成15）

問題Ⅰ　＿＿の　ところに　何を　入れますか。1・2・3・4
　　　から　いちばん　いい　ものを　一つ　えらびなさい。

(1)　今、となりの　へやで　へんな　音＿＿＿＿　しました。

　　　1　を　　　　2　で　　　　3　に　　　　4　が

(2)　田中さんが　どこに　いる＿＿＿＿　わかりません。

　　　1　か　　　　2　は　　　　3　の　　　　4　を

(3)　私は　何＿＿＿＿　食べられます。

　　　1　ほど　　　2　ごろ　　　3　でも　　　4　まで

(4)　会社へ　行く＿＿＿＿　1時間　かかります。

　　　1　に　　　　2　を　　　　3　のに　　　4　のを

(5)　来週　パーティーを　する　こと＿＿＿＿　なったんです。

　　　1　が　　　　2　に　　　　3　を　　　　4　で

(6)　たくさん　勉強した＿＿＿＿、テストの　てんが　悪か
　　　ったです。

　　　1　のに　　　2　ので　　　3　のが　　　4　のを

(7)　どうして　きのうは　じゅぎょうを　休んだ＿＿＿＿。

　　　1　な　　　　2　の　　　　3　し　　　　4　ね

(8) ひきだしには　スプーン＿＿＿＿　ナイフ＿＿＿＿が　入っ
て　います。

1　し／し　　2　や／や　　3　など／など　4　とか／とか

(9) 私の　車は　川口さんの　車＿＿＿＿　高くない。

1　だけ　　　2　しか　　　3　ほど　　　4　でも

(10) ちょっと　スーパー＿＿＿＿　行って　きます。

1　まで　　　2　ので　　　3　しか　　　4　ばかり

(11) かれは　この　映画を　10回＿＿＿＿　見た。

1　か　　　　2　に　　　　3　も　　　　4　しか

(12) 弟に　テープレコーダー＿＿＿＿　こわされた。

1　を　　　　2　に　　　　3　へ　　　　4　と

(13) あしたは　テキストを　持って　こなくて＿＿＿＿　いい
です。

1　も　　　　2　は　　　　3　が　　　　4　に

(14) カーテンを　開ける＿＿＿＿、海が　見えました。

1　ば　　　　2　と　　　　3　たら　　　4　なら

(15) 友だち＿＿＿＿　日本の　本を　おくって　くれた。

1　を　　　　2　か　　　　3　が　　　　4　で

問題Ⅱ ＿＿＿の ところに 何を 入れますか。1・2・3・4
　　　　から いちばん いい ものを 一つ えらびなさい。

(1) のどが いたい ときは、歌を ＿＿＿＿＿ ほうが いいです
　　よ。

　　　1　歌わない　　　　　　　2　歌わずに
　　　3　歌わないで　　　　　　4　歌わなくて

(2) この アパートは ＿＿＿＿＿し、新しいので、へや代が
　　高いです。

　　　1　べんり　　2　べんりな　3　べんりだ　4　べんりの

(3) 山田さんは 買い物を ＿＿＿＿＿すぎて、お金が なくな
　　った。

　　　1　せ　　　　2　し　　　　3　して　　　4　する

(4) あなたの 国の 料理の ＿＿＿＿＿かたを 教えて く
　　ださい。

　　　1　作り　　　2　作る　　　3　作って　　4　作ろう

(5) その 写真は どこで ＿＿＿＿＿んですか。

　　　1　とり　　　2　とった　　3　とろう　　4　とっていて

(6) 大木さんは きょうも 大学に 来なかった。＿＿＿＿＿か
　　もしれない。

　　　1　病気　　2　病気な　　3　病気の　　4　病気だ

(7)　この　ペンは　_____やすいですね。

　　　1　書か　　　2　書き　　　3　書く　　　4　書け

(8)　来年の　夏休みに　海へ　_____と　思って　います。

　　　1　行き　　　2　行った　　3　行って　　4　行こう

(9)　毎日　れんしゅうを　_____　じょうずに　なります
　　　よ。

　　　1　した　　　2　しない　　3　しよう　　4　すれば

(10)　お母さんは　むすこに　英語を　勉強_____。

　　　1　した　　　2　させた　　3　できた　　4　なさった

(11)　あなたは　はしが　_____か。
　　　1　使えます　　　　　　　2　使います
　　　3　使わせます　　　　　　4　使わされます

(12)　石田さんが　_____そうだから、てつだいましょう。
　　　1　いそがし　　　　　　　2　いそがしく
　　　3　いそがしくて　　　　　4　いそがしいだ

(13)　けさ　私は　母に　_____。
　　　1　起きました　　　　　　2　起こしました
　　　3　起こらせました　　　　4　起こされました

(14)　友だちに　よると、去年の　試験は　_____そうで
　　　す。

1　かんたんな　　　　　　2　かんたんに

3　かんたんだった　　　　4　かんたんでした

(15)　ドアが　＿＿＿＿。

1　しめます　　　　　　　2　しめて　います

3　しまって　います　　　4　しまって　あります

問題III ＿＿の ところに 何を 入れますか。1・2・3・4
　　　から いちばん いい ものを 一つ えらびなさい。

(1) 私も ＿＿＿＿＿ 家に 住みたいです。

　　1 ああ　　　2 あれ　　　3 あんな　　4 あそこ

(2) ここに かばんが あるから、中村さんは まだ 学校
　　に いる ＿＿＿＿です。

　　1 もの　　　2 こと　　　3 ほど　　　4 はず

(3) じこが あった ＿＿＿＿に、道が こんで います。

　　1 より　　　2 そう　　　3 から　　　4 ため

(4) 国へ 帰ったら、会社を つくる ＿＿＿＿です。

　　1 らしく　　2 だろう　　3 ほしい　　4 つもり

(5) この 大学と あの 大学と ＿＿＿＿が 近いですか。

　　1 だれ　　　2 どう　　　3 どの　　　4 どちら

(6) 今、お茶を 入れた ＿＿＿＿なんです。

　　1 ところ　　2 までに　　3 はじめ　　4 おわり

(7) あの 方を ＿＿＿＿か。

　　1 ごぞんじます　　　　　2 ごぞんじです

　　3 ごぞんじします　　　　4 ごぞんじなさいます

(8) さとうさんは　何時に　＿＿＿＿。

1　帰りしましたか　　　　2　帰られましたか

3　帰りに　なりましたか　4　帰りに　なられましたか

問題Ⅳ　つぎの　会話の　＿＿＿には、どんな　ことばを　入れ
　　　たら　いいですか。1・2・3・4から　いちばん　いい　もの
　　　を　一つ　えらびなさい。

(1)　A「＿＿＿＿＿＿＿。どうぞ　お上がり　ください。」

　　　B「しつれいします。」

　　　1　いって　まいります　　2　ごめんください

　　　3　いってらっしゃい　　　4　よく　いらっしゃいました

(2)　A「すみません。頭が　いたいので　先に　帰ります。」

　　　B「そうですか。＿＿＿＿＿＿＿。」

　　　1　お元気で　　　　　　　2　おだいじに

　　　3　こちらこそ　　　　　　4　かしこまりました

(3)　社員「すみません、あした　用事が　あるので、仕事を

　　　　　　＿＿＿＿＿＿＿。」

　　　社長「あしたか。ちょっと　急で　こまるんだけれど。」

　　　1　休んで　さしあげませんか

　　　2　休まれて　いただけませんか

　　　3　休んで　いただきたいんですが

　　　4　休ませて　いただきたいんですが

(4)　A「大学が　きまった　そうですね。おめでとうござい

　　　　　ます。」

B 「＿＿＿＿＿＿。」

1 おかげさまで　　　　2 おまたせしました

3 どういたしまして　　4 それは　いけませんね

(5)　（アパートで）

となりの人 「ごみの　日は　水曜日です。それ　以
　　　　　　　外の　日には　出さない　ように　し
　　　　　　　て　ください。」

田中　　　　「はい、ごみは、水曜日に　＿＿＿＿＿＿。」

1 出さないで　くださいね

2 出しては　いけないんですね

3 出さなくては　いけないんですね

4 出さない　ように　するんですね

正解：

問題 I

(1) 4	(2) 1	(3) 3	(4) 3
(5) 2	(6) 1	(7) 2	(8) 4
(9) 3	(10) 1	(11) 3	(12) 1
(13) 1	(14) 2	(15) 3	

問題 II

(1) 1	(2) 3	(3) 2	(4) 1
(5) 2	(6) 1	(7) 2	(8) 4
(9) 4	(10) 2	(11) 1	(12) 1
(13) 4	(14) 3	(15) 3	

問題 III

(1) 3	(2) 4	(3) 4	(4) 4
(5) 4	(6) 1	(7) 2	(8) 2

問題 IV

(1) 4	(2) 2	(3) 4	(4) 1
(5) 3			

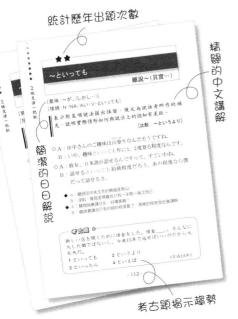

独學日本語系列

熟記口訣，
日語動詞變化不難學！！

辭書形、ます形、
て形、た形、ない形、
ば形、命令形、意向
形、被動形、使役形、
使役被動形‥‥

本書將會教你──

最簡單的日語動詞變化記憶法
以及
如何快速熟記各種動詞變化形的規則

方法對了，學習其實可以很輕鬆！

日檢獨家 史上最強

根據《日本語能力試驗 出題基準》
完整收錄四到一級的文法概念，
最能貼近考試脈動，提升文法實力。

◉ 日語能力檢定系列　**文法一把抓**

獨家特色

貼近考試脈動，提升解題能力！
◎統計各機能語歷年出題次數
◎當頁提供考古題掌握考題趨勢

統計歷年出題次數

精闢的中文講解

簡潔的日日解說

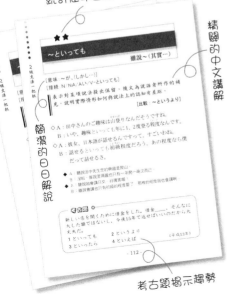

考古題揭示趨勢

特別推薦　　2級・1級 檢單

隨身攜帶輕鬆背，熟記字彙真**檢單**

訣式
日語動詞

熟記口訣，
日語動詞變化不難學！！

辭書形、ます形、て形、た形、ない形、ば形、命令形、意向形、被動形、使役形、使役被動形…

本書將會教你──

最簡單的日語動詞變化記憶法
以及
如何快速熟記各種動詞變化形的規則

方法對了，學習其實可以很輕鬆！

學日語五十音，

從學習寫正確的假名開始～

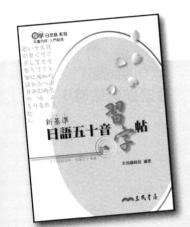

新基準
日語五十音習字帖

不只基礎五十音，
還教你正確的假名觀念──
全書包含：
清音、撥音、濁音、半濁音、拗音、長音、促音
的字形講解與定義說明，
除了是習字帖，
也可以當五十音教材哦！

新基準
日語五十音習字帖
目次

五十音圖
清音圖, 撥音 (平假名) p4
清音圖, 撥音 (片假名) p6
字體字形差異 p10
清音, 撥音 習字
字形相似度大體檢 p54
濁音圖, 半濁音圖 (平假名)
濁音圖, 半濁音圖 (片假名) p56
濁音, 半濁音 習字
拗音圖 (平假名)
拗音圖 (片假名) p70
拗音 習字
長音圖, 促音 (平假名)
長音圖, 促音 (片假名) p96
學習成果總評量 p100